# 药草芬芳

## 发现中医药之美

管弦

著

人民出版社

责任编辑：刘敬文

版式设计：周方亚

责任校对：吕　飞

**图书在版编目（CIP）数据**

药草芬芳：发现中医药之美 / 管弦　著 . — 北京：人民出版社，
　2017.3（2017.8 重印）

ISBN 978－7－01－017013－8

I.①药… 　II.①管… 　III.①散文集－中国－当代 　IV.① I267

中国版本图书馆 CIP 数据核字（2016）第 294736 号

# 药草芬芳
YAOCAOFENFANG
——发现中医药之美

管　弦　著

人民出版社 出版发行

（100706　北京市东城区隆福寺街 99 号）

北京新华印刷有限公司印刷　新华书店经销

2017 年 3 月第 1 版　2017 年 8 月北京第 2 次印刷

开本：880 毫米 ×1230 毫米 1/32　印张：10.5

字数：220 千字　印数：6,001－12,000 册

ISBN 978－7－01－017013－8　定价：39.00 元

邮购地址 100706　北京市东城区隆福寺街 99 号

人民东方图书销售中心　电话：（010）65250042　65289539

# 目　录

## JINZHI YUYE
# 金枝玉叶

## LÜYE XIANZONG
# 绿野仙踪

## XIANHUA PEISHI
# 衔华佩实

## SHUYING POSUO
# 树影婆娑

## YOUFENG LAIYI
# 有风来仪

# 自 序

我一直在想，要写一些有用的东西，不作无病呻吟。

现在，我写的她们，就是有用的。

她们，组成了《药草芬芳》这本探索传统中医药和自然、历史、美学、文学奥秘的书，《药草芬芳》也获评湖南省作家协会 2016 年度重点扶持作品。

我是 2011 年开始这本书的写作的，花了大量的心血，考察实物、验证实效、查阅史料文献。我把天地间花草树木等的形态、特点、功效、文化、传说，以及自己的各种实践、认知和感触等，融合在书中的每一篇文章当中，力求达到优美而实用的效果，从而有利于身心健康，对读者有所帮助。

那一味味中草药，是精灵儿，她们精妙绝伦地萦绕着我，让我自甘辛苦、充满感情地读她，写她，爱她，懂她。我清楚地看见她们，盈着笑脸，唱着歌儿，飘摇着，款款地向我走来。她们深情地热烈地拥住了我。我总是忍不住潸然泪下。这是我们应当记住并善待的珍宝。

是的，人们越来越注重养生和保健，国家也越来越重视中医药的发展了，屠呦呦老师的获奖，让我们看到中医药的广阔前景。国务院新闻办发布的《中国的中医药》白皮书，向世界展示了中国中医药发展状况。而全国人大常委会颁布的《中医药法》，更是从法律层面确立了中医药的地位。在不断的实践中，我发现我这类用散文化语言讲述中医药之美的文章，有着较为广泛的市场基础、较好的社会效益。我学过医，能够保证文章中医案、事例、疗养方法等的专业性、准确性和客观性。**当然，若是患病，仍需谨遵医嘱，进行综合性的检查与治疗。**

至出版之时，我已写了100多篇，在《光明日报》《羊城晚报》《天津日报》《湖南日报》《西藏日报》《四川日报》《华西都市报》《中国医药报》《中国旅游报》《散文》《创作与评论》《散文百家》《湖南文学》《散文选刊》等国家和省级报刊上发表了90余篇，在多家省市报刊上开设专栏"植物弦歌""本草物语""发现中医药之美"等，文章多次被《散文（海外版）》《中外文摘》《意林》等报刊转载。

我精选了82篇入书，分成7个板块："繁花似锦"主要写花，"生生不息"主要写草，"金枝玉叶"主要写枝叶，"绿野仙踪"主要写根茎，"衔华佩实"主要写果实，"树影婆娑"主要写树木，"有凤来仪"主要写一些关联之物。

我会继续坚持这类写作和学习。我常常利用业余时间，无偿地去药店、诊所等处帮忙，开方、配药、煎制等，还跟随一些老医者进山采药、辨药、制药等，并多次应邀到高校、企业等机构进行主题为"发现中医药之美"的授课。我不断请教，不断拥有并更新专业知识和实践技能。我和自然界中这些美丽的生命站在了一起。

所以，亲爱的朋友，我想请你也来读一读她们，你一定会和我一样，爱上她们。

而她们，早已扎根于广袤而厚实的土地上，在深邃而悠长的时空中，傲然盛开。

管弦

2017 年 1 月

# 繁 花 似 锦

FANHUA SIJIN

　　这是繁茂盛开的花儿，在清风疏雨的朗润下，欣欣靓
靓地张开了眼。红的像火，粉的像霞，白的像雪。她们，
是植物精华，含有各种生物甙、植物激素、花青素、香精
油、维生素和微量元素等，能够疏通脉络，改善血液循
环，护肌肤，润颜色。看，那样的娇容、甜美、清香，都
在温润透明的空气里，酝酿着，欢腾着。

—— 药草芬芳 ——

# 芍 药

芍药，真是美的。

那或红或白的花瓣儿，层层叠叠地相挨在一起，密密然然地簇拥着花蕊儿，圆融，紧凑，大气，像天边的彩霞，映衬着春日的笑脸。娇嫩艳丽、妩媚多姿的模样儿，流淌着无限的温柔。

就连很少从花的容貌上表达赞扬的明代医药学家李时珍也在《本草纲目》中说："芍药，犹绰约也。绰约，美好貌。此草花容绰约，故以为名。"她花大色艳，还被称为"娇容""余容"。

据说，芍药不是凡花种，她和牡丹一样，是某年人间瘟疫、玉女或者花神为拯救世人从王母娘娘那儿盗下的仙丹。这被撒到人间的仙丹，一些变成了木本的牡丹，另一些变成了草本的芍药。她们确实都是可以治病救人的，芍药至今还带有"药"字呢。而且，由于她们都国色天香，更是备受人们青睐，牡丹被誉为"花王"，芍药被誉为"花相"，位列草本之首。

芍药花

芍药还是中国的爱情之花，现在也是"七夕节"这中国"情人节"的代表花卉，在国外还有"花中皇后"的美称。她那楚楚动人的情态，的确让人生出许多爱怜和不舍，古代男女交往，就常常以芍药相赠，表达结情之约或惜别之意。别离之时，多情女子总爱将芍药赠予心上郎君。想来，在那执手相看泪眼、无语凝噎之时，有美丽的芍药相依相伴，是多么令人心动的慰藉啊。芍药又因此而被称为"将离"。君将离去，我心悠悠。多情女子就是这样借芍药的药性来表明自己的心情，微寒中透着些许心酸。

这微寒小酸的芍药对于女子也确实有特别的关怀，她能够滋阴补血、益气安神、解痉止痛、镇静消炎，还被称为"女科之花"。她有白芍和赤芍之分，白的花是白芍，红的花是赤芍，"根之赤白，随花之色也"。尤其是白芍，更是女科良药。传说，东汉末年医药学家华佗的妻子就得过她的恩惠。

当年，华佗为了更加方便而全面地研究中草药，在自己住宅前建了一个药园，种药草、建药房，向人们传授技艺。一次，华佗得到一位外地人送来的一颗芍药籽，他就把它种在药园。他仔细研究了芍药的叶、茎、花，觉得没有什么可做药用，也就没有特别关注了。甚至华佗的妻子见芍药好看，提醒

华佗留意，华佗都没有放在心上。之后的某一天，华夫人血崩
腹痛，用过好些药都不见好转。望着窗外的药园，华夫人突然
想起还没用过芍药，便瞒着丈夫，挖起芍药根煎水喝了。不过
半日，腹痛渐止，又服了二日，其病全无。华夫人把此事告诉
了华佗，华佗才意识到自己忘记研究芍药的根了，真是委屈了
芍药。华佗对芍药的肉质块根做了细致的研究和试验，发现她
可作多用：生品长于平肝、益气，麸制长于养血、敛阴，酒制
长于活血，碳制长于止血。由此，芍药就被广泛地使用了。

　　美得精致、美得华实的芍药就这样留在了人间，这令人想
起了唐代诗人王勃那佳句迭出的《滕王阁序》，"落霞与孤鹜
齐飞，秋水共长天一色"，隽永悠长，用在芍药身上都是适合
的。只是可惜，在那落花飘摇着的影子中，远去了史湘云。

　　芍药，容貌娇美，被誉为"花相"，位列草本之首，能滋阴补血、解痉
止痛、镇静消炎等，还为"女科之花"。

最能将芍药之美展现到极致的，就是清代文学家曹雪芹所著《红楼梦》中的史湘云啊。那醉情溢言、酡红沉梦的日子里，那一袭清风中，她醉眠芍药茵，吐气若兰，香梦沉酣。她枕着一包用精美的手帕包了的芍药花瓣，任四方芍药飞满一身，手中精巧的扇子也被落下的芍药花瓣掩埋过半。一群群蝴蝶、蜜蜂热热闹闹地飞来飞去，她们围着芍药，绕着史湘云。她们一定认为，史湘云就是和芍药一样美丽的花。

美人如花花满天的场景，生生地炫疼了多少人的眼睛啊。清朗的悠远、飞动的飘逸、馥郁的清香、浪漫的柔美，还有漫不经心的和谐，无一不展示着人花合一的美妙与神奇。

是的，美人儿都是和着芍药出现的，她们原本为一体。仿佛几缕飞云，悄然生动；又犹如远方篷船里透出的灯光，隐约着许多温暖，印记着了无痕迹的瑰丽。这，就是芍药永远的形象。

# 水 仙

我曾经养过水仙。

我把她放在盛有清水的浅盆中，在水里放上几颗浅黄淡白的小石子。我看着水仙像大蒜子一样的底盘，亭亭玉立于清波之上。她的身体慢慢地张开翅膀，露出绿色的嫩叶，开出白色有着黄蕊的小花。

那时，我还很小，住在集体宿舍里。寒冬时节，百花凋零，而水仙花花叶俱在。因为有了水仙的陪伴，室内便有了足够的温暖和清香。常常有人来宿舍坐，看花，聊天。人和花，都欢喜着，交相辉映。

水仙别名金盏银台，早在宋代就已受人注意和喜爱。记载漳州历史、经济、文化信息的典籍《漳州府志》记载，明朝航海家郑和在明初出使南洋时，漳州水仙花就已经被当作名花而远运外扬了。元代学者程棨的《三柳轩杂识》谓水仙为花中之"雅客"，她的花语有两说，一是纯洁，二是吉祥。

水仙无疑是属于一切爱美的人，据说她是希腊神话中的

水仙，花中之"雅客"，高雅脱俗，不能容忍
脏毒，能祛风除毒、净化空气等。

美男子纳西塞斯变成的。纳西塞斯刚出生就被神预言：会是天下第一美男子，只要不看见自己的脸就能一直活下去。为了逃避神谕的应验，纳西塞斯的母亲刻意安排儿子在山林间长大，远离溪流、湖泊、大海，不让纳西塞斯看见自己的容貌。长大后的纳西塞斯的确俊美非凡，是天下第一美男子。见过他的女子，无不深深地爱上他。然而，纳西塞斯性格高傲，对于倾情于他的女子不屑一顾。追求者们生气了，要求众神惩罚他。爱神阿弗洛狄忒怜惜纳西塞斯，把他化成清幽脱俗而高傲孤清的小花，盛开在有水的地方，让他永远看着自己的影子。

这花儿即是水仙。

其实，纳西塞斯只是没有遇见可以来爱的人。貌似高傲的人，往往有一颗善良多情、敏感孤独的心。而对那些因爱生恨的人，也幸亏没有爱上。世界这么冷，谁还可以爱？既然没有爱，脆弱给谁看？爱自己，还真是最好的。在西方，水仙花的意译便是"恋影花"，也因为纳西塞斯的故事，人们用水仙花来形容那些异常喜爱自己容貌、有自恋倾向的人。

由此，水仙更有特色了，真的就是水中的仙子。她独善其身，不能容忍脏毒，还能祛风除毒，但凡她盛开之处，水总是格外洁净，空气也格外清新。她还是简单朴素的，只需要适当的阳光、温度、清水、石子，就能够生根发芽，胜过松、竹、梅。"韵绝香仍绝，花清月未清。天仙不行地，且借水为名。"

在太阳出来的日子里，我常常把水仙搬出窗外，让她感受外面的气息。明媚之中，绿裙、青带、素花，超尘脱俗，格外动人，宛若凌波仙子踏水而来。

只是，我养的水仙，最终还是枯萎了。因为出差，我没有把放在窗外的她及时收回到室内。她在一个冰冻天里凋零了。

我不知道，那时忙碌奔波的我，为什么愿意花那么多时间和精力来养花？现在的生活，已经从容安适了许多，我却好像不愿意再养花种草了。

突然忆起当时高朋满座的场景了。大多都是年少的人，在水仙花的雅致中，扬着青春逼人的脸，含着羞涩清浅的笑，说着简单清澈的话。仿佛一首歌的词儿：记得当时年纪小，你爱谈天我爱笑，并肩坐在桃树下，风在林梢鸟在叫，不知怎样睡着了，梦里花落知多少。

透过那风儿和那云儿，我依然看到那清纯如水的情怀，和盈盈浅笑的模样。只是年华如水，早已渐行渐远。

# 桃 花

当漫天桃花在空中飘舞，总令人思绪飘得很远，一些女子，比如息妫，会在那一片粉嫩的花海之中，淡淡地浮现出来。

息妫是春秋时期息侯之妻，一次，息妫到蔡国探望姐姐，姐夫蔡哀侯对她失仪无礼。息侯一怒之下，引楚兵入境，灭了蔡国。成为阶下囚的蔡哀侯嫉恨息侯，便在楚文王面前极言息妫的美色，说她："目如秋水，面若桃花，长短适中，举动生态，世上无有其二。"意欲勾起楚文王之色心。楚文王果然闻色心喜。公元前680年，楚文王伐息，灭息国，夺息妫为夫人。息妫至楚，三年不同楚文王说一句话。息妫最后的结局已不可考，传说有一天，她趁楚文王外出打猎，溜出宫外，与息侯见面，俩人自知破镜难圆，双双殉情自杀。时值三月，桃花盛开，楚人便以息妫为桃花夫人，立祠以祀，后人又封她为主宰桃花的女神。

息妫之谓桃花，那是美人如花，相得益彰。据说，息妫经常用桃花敷面。的确，将新鲜的桃花捣烂取汁，敷于面上，用手指指腹轻轻按摩片刻，或者将阴干的桃花粉末和着适量蜂蜜调匀，涂敷面部，都是可以润泽肌肤，达到面色红润、皮肤光滑细腻而富有弹性的效果的。因为，花

桃 花

儿，是植物精华，由于艳色、娇容和清香，花儿更具有无穷的魅力。许多花卉含有各种生物甙、植物激素、花青素、香精油、酯类、有机酸、维生素和微量元素等等，能够疏通脉络，改善血液循环，供给皮肤营养，抑制引起皮肤老化的某些酶类，增强皮肤细胞的活力，有较好的护肌肤、润颜色的作用。桃花也不例外。

也许正是因为桃花自身的美丽和美容养颜之功，人们便爱用她来形容美女。连那蔡哀侯形容息妫，都是用的"面若桃花"。而自古以来，美丽的东西总容易引来非议，"恨人有，笑人无"的心态总是在某些人心中根深蒂固。兴许是太过艳丽了，桃花也成了轻浮的代名词。比如，形容某人好色或滥情，会说他有一双桃花眼或命犯桃花。有些古人，也将息妫说成红颜祸水。甚至有后人议论，将息妫定为桃花夫人，也隐约有讥讽之意。其实，息妫的故事，是女性生活的悲剧，"千古艰难惟一死，伤心岂独息夫人"。唐代诗人王维更以一首《息夫人》

桃花，能疏通脉络、改善血液循环、供给皮肤营养，可以护肌肤、润颜色、镇静安定等。

"莫以今时宠，忘却昔日恩，看花满眼泪，不共楚王言"清透地道出了息妫的艰难。

只不过美若桃花而已呀。

但，并非美者就没有定力，相反，愈是美者，定力愈强。桃花，就是如此，她的镇静安定作用令人叹服。

明代医药学家李时珍在《本草纲目》中引述了这样一个故事：古代有一位女子，因丈夫亡故，日夜思念，以致精神失常，得了狂症，成天手舞足蹈，甚至登高上墙。家人只好把她锁在房中。一日夜晚，她破窗而出，攀上桃树。当时正值桃花盛开，狂女一夜之间，竟将一树桃花尽数吃光。次晨家人发现，赶紧把她接下树来，而她的狂病竟然痊愈了。这也正符合古代医家所言，桃花有消积散瘀的功效，能够治愈狂症。

所以，貌似柔弱的东西，往往蕴藏着强大的力量，仿佛水一般，有着柔软的坚强。息妫无疑是痛苦的，但她却沉默地坚持。坚持，有时候就好像在烈日炎炎之下行走在沙漠中，近无帮助，远无希望，却还得继续走下去。只是，那传说中的结局，太过沉重凄凉。

相比之下，《诗经·周南·桃夭》里那轻灵活泼的句子"桃之夭夭，灼灼其华"，更容易表达桃花的美好与轻盈。小桃树儿笑盈盈，红花朵朵真鲜明。鲜艳的桃花衬出那即将成为新娘的女孩儿的娇羞和纯美。用这样的句子和场景来表达桃花美容养颜的功效，似乎更为亲切和圆融。

身为女子，大概更多的人愿意像那即将成为新娘的女孩儿那样，拥有简单的幸福，而不愿意遭遇息妫那样复杂的悲剧吧。正如桃花，她愿意盛开在明媚的春天里，展示无限甜美与娇柔，而不愿在阳光之中枯萎、凋零、辗转入泥。

可惜，终归是要凋零的。也许，我们可以，透过朦胧的泪眼，记住那"人面桃花相映红"的唯美时光。

# 甘 菊

菊花之美，美得宽厚，大气。

看她朗朗绽放时，一瓣一瓣，清晰明朗，有形有色。

菊花有两种，一种茎青肥大，有蒿艾气味，味苦，为苦薏，一般不作食用，作药用则主治痈肿疔毒、瘰疬眼癔。另一种，茎呈紫色，气香味甘，为真菊、甘菊，这就是我文中之菊。入药或食用要以单瓣、花小而黄、叶小而薄、叶色深绿、九月应候而开的甘菊为佳。

中国现存最早的药物学专著《神农本草经》将菊花列为上品，说她主治"诸风头眩肿痛，目欲脱，泪出，皮肤死肌，恶风湿痹。久服利血气，轻身耐老延年"。上品为君，主养命以应天，无毒，多服、久服不伤人，可轻身益气，不老延年。

菊花令人长寿，这样的故事在民间流传很多很广。例如，早在两千多年前，东汉史学家应劭在他撰写的一部关于民间风俗的专著《风俗通义》中就说到菊花，他说，河南南阳郦县

（今内乡县）有个叫甘
谷的村庄，山上开满
茂盛菊花，山泉水从
山上菊花丛中流过，
带走了一些散落的花
瓣，水里便含了菊花
的清香，这甘谷中的
泉水就格外甘甜。村
上三十多户人家都饮
用这山泉水，个个健
康，寿命最长的活到
130 多岁，短的也有
七八十岁。

这些传说，让我
们看到了菊花的品
性。就像明代医药学
家李时珍在《本草

甘菊，春生夏茂，秋花冬实，味兼甘苦，性禀平和，
为花中之最寿者也，还可制成又名"延寿客"的菊花酒。

纲目》中所言："菊春生夏茂，秋花冬实，备受四气，饱经露
霜，叶枯不落，花槁不零，味兼甘苦，性禀平和。"也正是
因为经历了四季之雨露风霜，禀受了四季之天地精华，菊花
才能以博大之心胸，平和之心境，吐露芳华。

仙女似的菊花，婀娜娉婷地在人间舞蹈，洒下一路芬芳。
将菊花洗净放入煮沸的清水中，加入同样洗净了的枸杞、麦
冬、参须，又稍煮片刻后，再放入几片新鲜柠檬、几颗晒干的

红枣，一份黄得雅致、红得清新的养生水就形成了。对于这样的水儿，看着，赏心悦目，喝下，美味补益。轻抿细啜之间，美肤明目、润喉健脾的效果都达到了。

陶醉在菊花的气味中，也美妙有趣。把菊花放清水中煮沸，看那清香之气升起来，宛如置身仙境，心中亦升起菊花般的香甜。待菊花水稍稍温却片刻，将脸俯下，闭上眼睛，慢慢呼吸，用那清香之气熏眼蒸面，可以护眼、提神、止头痛。再抬头，一定神清气爽。把菊花阴干，放入棉布枕袋里，做成菊花枕头，枕着菊花入眠，也别有一番味道。在安心、润肤的同时，好梦，更是随之而来。

菊花还可以制成菊花酒，菊花酒又称为"延寿客"，她和茱萸一起，在九月初九重阳节这日，成为求寿祈福的象征。中国古代汉族历史笔记小说集《西京杂记》中借西汉宫人贾佩兰之语记载了这些内容，"九月九日，佩茱萸，食蓬饵，饮菊花酒，云令人长寿"。东汉时期的得道方士费长房也常教人在九九重阳这日饮菊花酒，以禳灾避祸。据传汉武帝时，皇宫中每到重阳节就都要饮菊花酒，宫女们平常也爱做菊花粥食用，还爱在蒸馒头包子等面食时，于蒸笼里面或蒸碗内底放上两三瓣菊花，蒸出来的面食格外清香可口。

菊花真是和水一样，有着柔软的坚强。她不管在哪里，无论被煮还是被蒸，都保持着不变的形态和情怀，并始终醇香袭人。她总是以熨帖和柔美的姿态，长久地表达着对人的慰藉和关怀。正如清代医药学家徐灵胎对菊花的评价："菊花晚开晚落，花中之最寿者也，故其益人如此。凡芳香之物，皆能治头目肌表之疾。但香则无不辛燥者，惟菊得天地秋金清肃之气，而不甚燥烈，故于头目风火之疾尤宜焉。"

写到这儿，我记起了一位朋友。她非常喜欢菊花，在自己的庭院里，她养了很多菊花。每次，她用菊花泡水的时候，总是双手捧着那盛有菊花水的杯子，微微地闭着眼，轻轻地嗅上一会儿，然后小口小口地饮。水饮完了，她必定把菊花小心地含在嘴里，精心品尝。她说，对于菊花，你不要吃，你要品。

是的，对于美好的东西，我们不要吃，要品。更何况，甘菊若饴。

# 石榴

拜倒在石榴裙下。这样的场景，细想起来，真是温情脉脉。

在那样的场景中，应该有一位堂堂男子单腿跪拜在一位美丽女子的脚下，单手相握，眉目含情。还应该有石榴花的清香，从远处缓缓飘来，优雅、精确地吻上脖子，感觉到的时候，已经回不到最初。

"梅花香满石榴裙"啊。这红如石榴花的石榴裙，往往使穿着它的女子俏丽动人，它是唐代年轻女子极为青睐的一种服饰款式。唐代诗人白居易在《琵琶行》中，用"曲罢曾教善才服，妆成每被秋娘妒……钿头银篦击节碎，血色罗裙翻酒污"描写了一位才艺出色的弹琵琶的女子，她穿的"血色罗裙"就是石榴裙。

说到石榴裙，不能不说一说杨贵妃。据说杨贵妃爱赏石榴花，爱吃石榴，爱穿绣满石榴花的彩裙。为此，唐明皇在华清宫等地种了不少石榴供杨贵妃观赏享用。每当石榴花竞放之

石榴花

际，这位风流天子即设酒宴于花丛之中，与杨贵妃尽情嬉戏，
不理朝政。对此，朝中大臣颇为不满，但他们不敢指责皇上，
只是迁怒于杨贵妃，对她侧目而视，拒不行礼。杨贵妃为此很
不高兴。一日，唐明皇又设宴召群臣共饮，并邀杨贵妃献舞助
兴。杨贵妃不愿意，她端起酒杯送到唐明皇唇边，向他耳语
道："这些臣子大多对臣妾侧目而视，不行礼、不恭敬。"唐明
皇听了，觉得宠妃受了委屈，立即下令，要求所有文官武将，
见了杨贵妃均须行跪拜礼，拒不跪拜者，以欺君之罪严惩。众
臣无奈，凡见到杨贵妃身着石榴裙走来，无不纷纷下跪使礼。
从此，有了"拜倒在石榴裙下"一说。后来，这一说又引申为
男人为心爱的女人倾倒之意。很多雅士还借这种裙子来特指女
子。例如，南北朝诗人何思徵在《南苑逢美人》中，写下"风
卷葡萄带，日照石榴裙"，就是用石榴裙来暗喻心中的美女。

男子拜倒在石榴裙下，倾心于心爱的女子，是理所当然
的。真正的男子汉，当然要倾力热爱自己心仪的女子。拜倒在

石榴，性温，能收敛、抑菌、抗病毒、抗氧化、散瘀止痛、养颜润肤等，由汉代使者张骞出使西域时带回中国。

石榴裙下，是一种美德，体面，高贵。更何况，这因汉代使者张骞出使西域而带回来的果子，的确让人情有独钟，从花叶到果实，每一样都是被赞美的对象。例如，西晋初年文学家傅玄用"灼若旭天栖扶桑"来形容石榴的红艳。唐代诗人杜牧在《山石榴》中写道："一朵佳人玉钗上，只疑烧却翠云鬟。"更被认为是赞美石榴花的神来之笔。那石榴外表圆满光滑，内里金房玉隔，万子同包，果皮一旦绽开，里面通常分为六个子室，每一子室都藏有许多种子，象征子孙兴旺；石榴花又喻示女性之美；石榴叶也翠绿长青。面对这吉祥的花果，男人们拜一下，倒是很幸运的。

而女人们身着石榴裙，当然也承载了幸福和美丽。看一看石榴的花和叶吧，那真是让人满心欢喜。那艳红明媚的花儿和碧绿深沉的叶儿配在一起，和谐非常。难怪她们都是美容排毒佳品呢。夏秋时节采摘一些石榴花，煮沸食用，可以清除体内毒素、散瘀止痛，将石榴花鲜用或阴干，在牛奶中浸泡片刻，再敷于面庞之上，养颜、润肤、美白的效果更是明显；把石榴叶儿制成石榴茶，当作饮料，能够润燥清心、消除烦渴，用来洗眼，可以明目安神、消除眼疾。

姣美的花叶儿，就总是这样令人心情舒畅，容光焕发。

那石榴果儿，也是颇为精彩的，她性温，具有收敛、抑菌、抗病毒、抗氧化的作用，能够帮助身体消化吸收、预防动脉粥样硬化、防止细胞癌变。看那石榴果儿，红似玛瑙，白若水晶，一颗一颗的，那么地多。要享用到她的酸甜美味，真是需要诚心、耐心、细心啊。如同拜倒在石榴裙下，需要长久的、深沉的、充满内涵的爱才能充分而完美地表达。

是的，爱，是赏石榴花、品石榴果的过程。眼里，盛满炽热火红的石榴花儿，口中，含着晶莹剔透的石榴果儿，欣赏，品味。长了，久了，味道才会出来。日子，才会在这样经年的品赏中，变得意味深长。

# 茉莉花

古代的女子，很多都喜欢佩戴鲜花。有时，斜斜地插进发髻里，有时，散散地扣在胸襟边，眼波流转之际，那花儿也跟着转动，于忽明忽暗之时，散发出缕缕暗香，撩人目光，袭人心怀。

茉莉花，就是她们喜欢佩戴的鲜花之一。她质朴，玲珑，虽然没有艳态惊群，但是，玫瑰之甜郁、梅花之馨香、兰花之幽远、玉兰之清雅，她莫不兼而有之。她的香气是花香中最丰富多彩的，其中包含有恰到好处的动物香、青草香、药香、果香等。时至今日，剖析茉莉花的香气成分仍然不断有新的发现，许多有价值的新香料最早都是在茉莉花精油里面发现的。茉莉花的香味儿，令人心旷神怡。

明代医药学家李时珍在《本草纲目》中，对茉莉花有这样的说明："辛，热，无毒。蒸油取液，作面脂头泽，长发润燥香肌，亦入茗汤。"

想象着，那古代女子用茉莉花及其汁液，来美肤、养发、

香体、保湿，真是纯粹而
天然，绿色又环保。经过
茉莉花芳香的浸染和熏
陶，温婉，清灵，会在举
手投足之间渲溢开来。

将茉莉花做成茶饮，
品尝这初夏开放的小白花
的馥郁清香，更是宛若回
到了春天。难怪在中国的
花茶里，茉莉花茶有"春
天的气味"之美誉呢，其

茉莉花，香气氤氲，蒸油取液，可护肤、润
发、香肌，煮成茗汤，可疏肝理气、和中开郁、止
痢解毒。

生产量也是没有任何一种加香茶叶可以与之相比的。将茉莉花
洗净，放入清水中煮开，加入适量白砂糖，再煮开一会儿，就
成了茉莉花饮了。看一看，那花瓣儿在水中舞蹈，喝一喝，那
香甜醇美的味道在口齿间徘徊。疏肝理气、和中开郁、止痢解
毒的功效就出来了，胸胁疼痛、目赤肿痛、下痢腹痛、疮疡肿
毒等病症，也会慢慢消失的。

古人真是充满智慧啊，他们能够真正地融于自然之中，通
晓春暖、夏热、秋凉、冬寒，懂得发现、珍惜和利用身边的一
切美好。他们还善于让一切美好的和谐相处、平顺相生，变成
一种真正的圆融。比如，他们会把茉莉花或配菊花、或配玫瑰
花、或配金银花，等等，泡水、煮粥、做汤食用。花儿配花
儿，怎么不会令人心花怒放呢？那一刻，人的身体，是会融
化在愉悦和甜柔之中的。

深情款款的茉莉花，浓郁，久远，和她在一起，如同沐浴在春天般的温暖中。她是爱情之花，青年男女之间，可以互送茉莉花以表达坚贞爱情。在婚礼等庄重场合，她还是一种很合宜的表达情意的装饰花，经常被使用在新娘捧花上。她还作为友谊之花，在人们之间传递。一些国家常把茉莉花制成花环，套在客人颈上使之垂到胸前，来表示尊敬与友好，作为一种热情好客的礼节。

情，爱，春天，让我们深深理解了茉莉花的花语，"忠贞、尊敬、清纯、贞洁、迷人"。

我喜欢将茉莉花夹在书中，看茉莉花慢慢风干成书签，而芳香依然。书页翻动，香气氤氲。真正的书香，在淡淡的光辉中，扑面而来。

那古代的女子，隔在春风疏雨中，笑靥如花。

# 栀子花

栀子花香。

写下这几个字的时候，栀子花那馥郁的香味儿就开始围绕着我。我忆起那样的六月，校园里开满了栀子花。微风过处，那花香儿便轻轻袅袅地飘进了心田。偶尔，我会摘下几朵栀子花。有时，把花儿放在玻璃杯里，花儿会盛开几天，满室都跳跃着花儿的舞蹈。有时，把花儿放进衣袋中，整个人，便处在和美的清香之中，鼻里眼里，全是花的味道。

传说栀子花是天上仙女，她憧憬人间的美好，下凡变为一棵花树。一位年轻的单身农夫，看到这棵花树后，很是喜欢，便移植回家，百般呵护。于是花树生机盎然，开出许多洁白的花儿。栀子花白天为农夫洗衣做饭，晚间将花香洒满院内外，并一直与农夫相伴到老。后来，老百姓知道了，便家家户户养起了栀子花。又因为栀子花是仙女的化身，女子们个个都喜欢佩戴她。从此，栀子花便花开遍地，香满人间。

所以，有人说栀子花的花语是"永恒的爱与约定"，这不

栀子花，芬芳馥郁，可以悦颜润肤、清肺凉血、止鼻衄血等，花语是"永恒的爱与约定"。

仅是爱情的寄语，更展示了栀子花那清洁、温馨、脱俗的外表下，蕴含着的美丽、坚韧、醇厚的生命本质。普通的花儿一般五瓣，栀子花却花开六出，六者水之成数也。栀子花可以清肺，凉血。据明代医药学家兰茂撰写的《滇南本草》中记载，用栀子花3朵，同时加蜂蜜少许煎服，可以"泻肺火，止肺热咳嗽，消痰"。当鼻血不止时，用栀子花数片，焙干后研成粉末，吹鼻，可以"止鼻衄血"。

想想，那栀子花树的叶，经年在风霜雪雨中翠绿不凋，那栀子花从冬季开始孕育花苞，近夏至才会绽放。含苞期长，清芬才久远，功效才明显啊。那看似不经意的绽放，却是经历了长久的努力与坚持。

栀子花不仅有疗疾功效，还可做菜食用。采摘盛开的栀子花朵，用开水烫焯，浸泡片刻后，加适量香油、陈醋，用中等火势烹炒，即可食用。或者，将栀子花洗净，和着鸡蛋，搅拌均匀，加清水适量，根据个人口味放入精盐或白糖，做成汤菜食用。

只是，这貌美味香的栀子花儿，是让人不舍得吃的。所以，我更喜欢明代医药学家李时珍在《本草纲目》中对栀子花功效的表述："悦颜色，《千金翼》面膏用之。"

据说，栀子花让"集万千宠爱于一身"的杨玉环情有独钟。杨玉环有狐臭，狐臭之人身体难免发出异味，夏季尤甚。杨玉环便时常将栀子花调入蜂蜜中敷面。又将栀子花阴干研成粉末，加适量山泉水调均，轻轻涂抹在腋下。还经常在浴池中撒满栀子花瓣，沐浴其中。所以，狐臭，早就闻不到了。轻步微移，清香阵阵。那"天生丽质难自弃"之美和"回眸一笑百媚生"之媚，更是别具魅力和风情。

是的，美人美花，仁者爱之。只可惜，李隆基终究保护不了杨玉环。只有那传说中的栀子花与农夫的相依相伴，才是清淡纯净的，似露珠轻落在花叶之间，在淡烟轻雨中，流淌着人间的喜悦与芬芳。

YUJINXIANG

# 郁金香

　　据说，世界上原本并没有紫色，某一天，不知道是谁将红色和黑色调和在了一起，于是，神奇的紫色出现了……

　　这其实是在说郁金香。

　　郁金香的花语为高雅、富贵，而很久以前的传说，更是体现了郁金香的高贵，据说她们原本只有白色这一种颜色，因为在她们的家族里，白色才是最高贵最纯洁的。有一天，一位王子经过她们身边，看见她们很是喜欢，不禁驻足欣赏。当王子俯身抚摸着她们花瓣的那一刹那，她们惊呆了。王子的一切，都似乎有着神奇的魔力，一双深紫色的瞳孔散发着幽幽光芒，一袭浅紫色的长袍衬托出他与众不同的气质，手上的那枚紫水晶戒指，更是璀璨夺目。王子不顾随从的阻拦，亲手小心翼翼将她们从土中挖出，带回了皇宫。从此，她们便生活在了一个充满紫色的幻境里。她们当中的一朵白色郁金香爱上了王子，她祈祷有一天自己的花瓣也能变成紫色。

　　可是，皇家规矩是不允许他们相爱的。白色郁金香只能选择放弃。树林里,她的剑从胸中刺入,鲜红的血喷涌而出,淌在黑色的土地上,在阳光下闪着动人心魄的紫色光芒。

从那以后,世界上便出现了一种奇特又美丽的花——紫色郁金香。老人们说,她代表着永不磨灭的爱情。

郁金香

这样凄婉的传说,真是令人感叹郁金香的执着与坚贞,难怪晋代左贵嫔有郁金颂云:"伊有奇草,名曰郁金。越自殊域,厥珍来寻。芳香酷烈,悦目怡心,明德惟馨,淑人是钦。"郁金香的珍贵、高洁、妍美和芬芳,由此可见一斑。

现在再来看郁金香,心中会升起一片阳光。那红色的,黄色的,紫色的,白色的,纯正而明媚,给人间带来热烈、明亮、轻快、芳香的气息。她可以扫除一切阴霾,化湿辟秽,消除脾胃湿浊、胸脘满闷、呕逆腹痛、口臭苔腻等沉重湿腻之症。可以煎汤内服,也可以泡水漱口外用。

所以,唐代诗人李白在《客中作》中的"兰陵美酒郁金香,玉碗盛来琥珀光,但使主人能醉客,不知何处是他乡",就更有了耐人寻味的醇浓的香味。

当然,李白诗中所描写的"郁金香"的酒,后世证实已经失传。但正是在此诗的启发下,大约在明代出现了一种名为

郁金香，能化湿辟秽，消除脾胃湿浊、呕逆口臭等症，可制成"郁金香"酒，男女皆爱饮，又叫"太太酒"。

"郁金香"的酒。这郁金香酒是用上等白色大米经过传统发酵后，配以郁金香、当归、杜仲等二十多种药材制作酿造的。酒色紫红呈透明状，浓厚醇香，清甜中泛着微酸，稍有清淡的药味。据说，此酒不仅深受男子欢迎，女子也爱饮用，还有"太太酒"之称。

"太太酒"，也真是符合了女子的心意呢。本来么，女子就是像花儿一样的。纯洁盛美的郁金香，正是体现了女子的金贵。

这也正像在古欧洲流传的一个传说。当时，有一位美丽的少女，同时受到三位英俊骑士的爱慕追求。一位送她皇冠，一位送她宝剑，一位送她黄金。少女非常发愁，三位男子都很优秀，她不知道应该如何抉择，只好向花神求助。花神便把她化成郁金香，皇冠变为花蕾，宝剑变成叶子，黄金变成球根。就这样她同时接受了三位骑士的爱情，而郁金香也成了爱的化身。

美丽的女子，就是要得到最好的关爱和呵护。而品性一流的郁金香，正可以让女子美梦成真。当然，不要化成郁金香，而只是做像郁金香一样的女子就好了。

如此，岁月芬芳。

# 牡　丹

　　我一直不想写牡丹，因为，她总是被冠以富贵之名，难免流于媚俗。俗了，写起来就没有味道了。

　　直到有一天，我了解到一个传说，才发现，牡丹是值得写的。

　　牡丹根植于河洛大地，始于隋、盛于唐、甲天下于宋。传说，天授二年腊月初一，西京长安大雪纷飞，大周女皇武则天饮酒作诗，兴致很高，她突然很想看到百花盛开，便乘兴醉笔写下诏书："明朝游上苑，火速报春知，花须连夜发，莫待晓风吹。"百花慑于此命，虽然不到时令，却也只能连夜开放。唯独牡丹不违时令，闭蕊不开。武则天见了，勃然大怒，一下子将牡丹贬出长安，发配至洛阳，并施以火刑。牡丹遭此劫难，体如焦炭，却根枝不散，在凛冽严寒中挺立依然。第二年，春风劲吹，这些受难的花儿竟然开得更艳了。人们将这些洛阳牡丹誉为"焦骨牡丹"。洛阳牡丹因此而驰名天下，并被称作"花魁"，洛阳人培育牡丹、观赏牡丹的风气也日盛成俗。

宋代文学家欧阳修就曾作赋"洛阳地脉花最宜，牡丹尤为天下奇"来称赞洛阳牡丹。

所以，牡丹不是媚俗的。我们不能被不相干的旁人旁事误导。对于牡丹，富贵，也没什么不好，只要富得有价值、贵得很体面。牡丹是高贵、

牡丹，被誉为"花王"，可以除坚瘕、安五脏、疗痈疮、消烦热、治冷气、散诸痛等。

清正、典雅、大气的，她不随波逐流，不屈从权贵，身中有骨气，体中有硬气。这真是我喜欢的一种状态。我终于把她揽入我的笔下。

如此，再来看牡丹，感觉完全不一样了，她的花，她的叶，她的根，无一不透着从容、灵动、硬朗和坚强。"落尽残红始吐芳，佳名唤作百花王，竞夸天下无双艳，独占人间第一春"，晚唐文学家皮日休的诗，道出了牡丹的特质。牡丹是美的化身，还象征着纯洁的爱情，在西北广为流传的一首民歌《花儿》中，"花儿"指的就是牡丹，也是对唱双方中，男方对女方的称呼。作为"富贵花"，牡丹也不娇嫩脆弱，在莽莽群山中，临黄土高原里，于干旱贫瘠的土地上，她都能顽强生长，开出绚丽多姿的花儿。真是"不特芳资艳质足压群葩，而劲骨刚心尤高出万卉"啊。

因为骨气和硬气，牡丹可以除坚瘕、安五脏、疗痈疮、消

烦热、治冷气、散诸痛，这也正应了金代医药学家张元素之言，"牡丹乃天地之精，为群花之首。叶为阳，发生也。花为阴，成实也。丹者赤色，火也。故能泻阴胞中之火"。

牡丹苗似羊桃，夏生白花，秋实圆绿，冬实赤色，凌冬不凋。她的根和花都可以入药，花色尤以红色和白色的单瓣型为佳。个中原因，北宋药学家苏颂说得很清楚："白者补，赤者利。"明代医药学家李时珍也说得明白："牡丹惟取红白单瓣者入药。其千叶异品，皆人巧所致，气味不纯，不可用。"

据说，武则天后来也得到过牡丹的恩惠。当时，她经脉不通，心火炽甚。一名太医就取了红色牡丹的花瓣和根，洗净煎水呈给她服用，为她除火消烦，治愈了她的疾病。只是，不知道她病愈体健之后，是否会记得让她康健的是她曾经严厉贬谪的牡丹呢？

又想起唐代诗人刘禹锡和白居易描写牡丹的诗句了，"唯有牡丹真国色，花开时节动京城""花开花落二十日，一城之人皆若狂"。牡丹花开时节，繁花似锦，灿烂辉煌，在大唐盛世，全国上下是没有不为之倾倒的，牡丹花季是首都长安的狂欢节。

想来，只有真正强大美丽的，才会有如此激动人心的力量吧，不管历经怎样的磨难，都依然心性不改，芳香如故。

# 金银花

　　有些花草，如果不用她，是不会知道她的美妙的，比如金银花。

　　我很早就认识金银花了，梁代医药学家陶弘景说她"处处有之"，所以，认识她很容易。夏日高温的时候，单位里也发点金银花让大家消暑。只是我很少使用她。

　　那天，我突然牙龈肿痛，我不想吃药，想到家中还有些金银花，便随意找了点出来，和着清水，煮开，再加点蜂蜜，喝下。只喝了两天，居然就不痛了。

　　那种快速而神奇的功效，让我对金银花充满了感激和热爱。我把金银花放在手心里，细细端详，那黄黄白白的花瓣儿，那细细嫩嫩的花蕊儿，透着清新的醇香，真是有着精灵气质啊。突然地，就想起了她的另外一个名字——忍冬花。陶弘景说她"凌冬不凋"，所以又叫了"忍冬"。

　　那真是怎一个"忍"字了得啊。能够在零下 30 摄氏度的严寒中生存的金银花，真是生命力强，适应性广。她喜欢阳光

金银花，凌冬不凋，又称"忍冬"，能清热解毒、祛风养颜等。中成药银翘解毒丸，即以金银花为主药制成。

和温暖湿润的环境，也耐寒、耐旱、耐阴、耐湿。有首农谚就这样评价金银花："涝死庄稼旱死草，冻死石榴晒伤瓜，不会影响金银花。"大概正是有着这样厚重广阔的忍者神功，金银花才能够像天宫仙子一样，轻轻地挥一挥长袖，便清热解毒、疏散风热、疏咽利喉、消暑除烦。

除了坚忍强大，金银花也有她柔和的一面。据传，她名字的来源和女孩儿有关。那是三国时期蜀汉丞相诸葛亮七擒孟获的过程中发生的事情。其时，大部分将士水土不服，得了热毒病。行军经过一个小村寨时，诸葛亮见村民面黄肌瘦，虽然他和大家一样身体不适，但还是命令将士发放军粮施救。村民们十分感谢，得知许多蜀兵患了热毒病后，一位白发老人便要自己的一对孪生孙女儿金花和银花，去采几筐当地草药来为蜀军

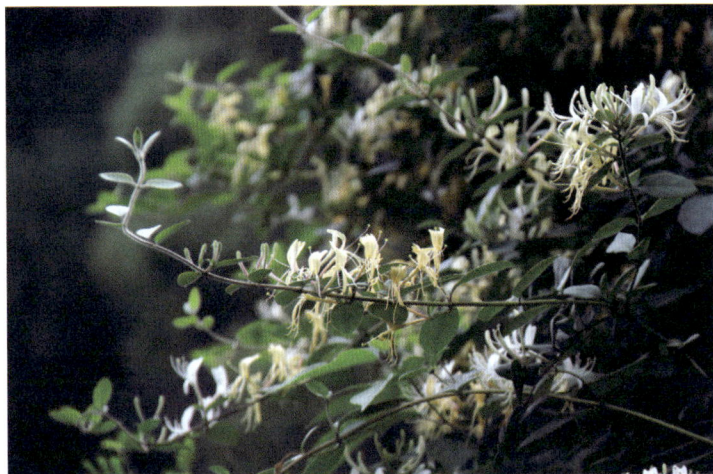

金银花

解难。姐妹俩上山了，三天后都没有回来。人们多方寻找，在一处山崖边，看到两只已装满了黄黄白白草药的药筐，筐边有野狼的足迹和被撕碎的衣服鞋子。原来，为了这救助蜀军将士的草药，金花、银花献出了生命。后人为了纪念姐妹俩，就把这种草药叫作"金银花"。

这样的故事，是令人感叹唏嘘的。因为金银花与那可亲可敬的女孩儿有关，有些古诗更是用和顺温雅的描绘展示了她的本质："初夏园绿荫重重，金银开在碧玉中。虽少儿分娇妍态，香透心脾情更浓。此花本是杯中物，甘洌淡雅有奇功。祛病除疾养颜色，人间才多不老松。"

是的，"祛病除疾养颜色"，这便是金银花坚韧而温婉的本质。祛病除疾自不必说，民间就有"金花间银蕊，草药抵万金"的说法。治疗流感、泻痢、牙周炎、疮疖肿毒、急慢性扁桃体炎等病，金银花是手到擒来。那有名的中成药银翘解毒丸，就是以金银花为主药制成的。

养颜色，也是金银花擅长的，当然世人知道的不多。

夏天里，将金银花用清水洗净煎成汁，擦洗全身，不仅可以祛痱、止痒、治痘痘、疗湿疹，还可以给全身皮肤来个大扫除，那清洁和润泽肌肤的功效，是非常明显的。采摘新鲜的金银花，阴干，装入干净的棉布袋中，用棉线缝好，做成枕头，在盛夏里枕着入睡，还可以养心安神，预防头颈部长痱子，让面部清爽洁净。

可见，金银花的养颜色，也是源于她的坚强，即铲除热毒的机理。体内毒素排出，肌肤自然爽滑如丝。而那阴干金银花的过程，又于悠悠然之中，进一步展现出她的婉约风范：不能接触铁器，也不能翻动；接触铁器会让花儿失去药效，翻动会使花儿变色，饮用时味道和功效都会减退。

金银花就是这样，于金银相间之时，透出独特卓雅的品质。所以，你，亲爱的，不妨在炎炎夏日里，和她亲密接触一下吧。

# 桂 花

　　"亭亭岩下桂，岁晚独芬芳。叶密千层绿，花开万点黄。"在那样一个烂漫的秋天，桂花悄然盛开了。不经意之间，曼妙的香甜味儿，一下子钻进眼里眉间，浓郁、亲切。若是往桂花林里走上一圈，那人，就香成了桂花。

　　古往今来，人们对桂花都有着深切的喜爱。桂花历史悠久，早在公元前3世纪，先秦时期富于神话传说色彩的最古老的地理书《山海经》就有"招摇之山多桂"的记载。在古人心目中，桂花更是美的化身，秦国丞相吕不韦主编的《吕氏春秋》赞曰："物之美者，招摇之桂。"唐、宋以后，桂花栽培开始盛行，文人墨客更是咏桂成风。颇多的名句佳作，凸显了桂花的名品和奇香。例如，宋代诗人吕声的"独占三秋压众芳，何夸橘绿与橙黄。自从分下月中秋，果若飘来天际香"，宋代诗人杨万里的"不是人间种，移从月中来。广寒香一点，吹得满山开"，等等，都盛赞桂花是三秋期间的领衔花木，有着不是"人间种"而是"月中来"的非凡渊源，以及异乎寻常的遍

桂 花

地奇香。就连比喻科举时代应考得中的成语"蟾宫折桂",也是以攀折月宫(蟾宫)中的桂花,来引申为获得很大成就或很高荣誉。

此外,古代桂花还是崇高、胜利、吉祥、友好的象征。据说战国时期,燕、韩两国曾以相互馈赠桂花来表示亲善友好。在盛产桂花的少数民族地区,青年男女也常以赠送桂花来表达爱慕之情。

而开放在现代的桂花,当然不再像古时那样,贵为天人了。她终于似仙女下了凡,带着一份造化赋予的风雅,以活泼轻松的天然本性,浸染在灵山秀水中,开始有了乡野泥土的质朴芬芳,融进了平凡的人间烟火。

在与桂花的邂逅中,现代人心中升起的是按捺不住的喷香的饮食欲望,以及百转千回的浪漫怀想。在那样月光如水的夜晚,享受与桂花有关的饮食,桂花酒、桂花茶、桂花糖糕、桂花月饼、桂花酒酿圆子羹,等等,围坐在桂花树下赏秋闲话,变成了现代人心中遥远而温馨的图画。这图画几乎是每一位具有传统观念的现代人所热爱的。这画中,团圆祥和的心理状态和平缓纯净的生活节奏,在慢慢流淌着,仿佛从远古走来,发出清晰的声音,饱含着浓浓的诗意,应和着古人的情怀。

的确,古人也很早就发现了桂花的食用价值,他们认为桂为百药之长，性温、味辛，入肺、大肠经，煎汤、煮水或浸酒内服，能平肝顺气、暖胃止痛、健脾补虚、静心醒神、散寒破结、清新口气，对食欲不振、痰饮咳喘、经闭腹痛、痔疮、痢疾等症有一定疗效。古人还特别重视酿造桂花酒，他们觉得"饮之寿千岁"。桂花酒也是汉代人们用来敬神祭祖的佳品。祭祀完毕，晚辈要向长辈敬桂花酒，长辈们喝下即得到了延年益寿的祝福。战国末期楚国诗人屈原在《九歌》中也早已有"援北斗兮酌桂浆，辛夷车兮结桂旗"的表达，其中，"桂浆"就是指添加桂花而酿制的美酒，"桂旗"则指车辆上用桂花装饰的旗帜。

喝桂花泡制的茶也是古人爱做的。把新鲜的或阴干的桂

桂花，香气浓郁，能平肝顺气、暖胃健脾、散寒破结等。古人重视酿造桂花酒，觉得"饮之寿千岁"。

花，用清水轻轻漂净，撒入沸腾的开水中，看她在水中渲染、沉浸，再放入适量蜂蜜或冰糖，搅拌均匀，便是上佳茶品。这可以美容养颜、清火明目、舒咽利喉的茶儿，是非常适合女子饮用的"幸福茶"。

令人唇齿留香的桂花啊，就是这样连着古今，拉着情感，牵着故乡，藏着幼时的记忆，被收进了过往的匣子，让一抹如烟月色烙上了深深的印记。

现在的桂花，越发拒绝寂寞。她不再像拥有孤独、享有卓绝高雅气质的荷花梅花一样，拒绝世俗的闹热与俗气。也不再像汉代至魏晋南北朝时期、主写西汉杂史的中国古代笔记小说集《西京杂记》记载的"汉武帝初修上林苑，群臣所献奇花异木两千余种，其中有桂十株"那样，仅仅成为名贵的花卉与贡品。她以热烈的个性、灵动的性格，轰轰烈烈地绽放在广袤朴素的土地上，用随意随性、接近世俗的方式展现出平易近人的姿态。

清可荡涤，浓可致远。那么，趁月色清辉，趁桂花绚烂，去拿来一张银质大圆盘，采集一些桂花吧。用手轻轻触碰，那桂花便会哗哗啦啦地落入银盘中，于玲珑轻巧之间，令人如痴如醉。然后，一层薄桂花，一层薄砂糖，轻轻缓缓地装入洁净透明的宽大方口的玻璃瓶中。悠闲的时候，用银色小勺儿轻挑着，细细地品尝。

月亮，正慢慢地升起来。

于是，那心，是安宁的；那胃，是温暖的；那日子，是蜜甜的。

# 丁 香

丁香，从远古走来，以温婉的姿态。

她从唐代诗人李商隐的《代赠》里走来，"芭蕉不展丁香结，同向春风各自愁"；她从南唐中主李璟的《浣溪沙》里走来，"青鸟不传云外信，丁香空结雨中愁"；她从现代诗人戴望舒的《雨巷》里走来，那里有"一个丁香一样的结着愁怨的姑娘"，有"丁香一样的颜色、丁香一样的芬芳、丁香一样的忧愁"。

丁香，就是这样被赋予了忧郁的理想主义色彩。这因为花筒细长、形状像钉子（古代亦爱将"钉"写成"丁"）、有着强烈的香味而得名丁香的古老的中药，经常被当作惆怅的象征。人们爱用丁香结，即丁香的花蕾，来象征人们的愁心，朦胧而又幽深。而那一个愁结，大概是因为其钉子的头，仿佛愁肠百结吧。据说，清代文学家曹雪芹的《红楼梦》中黛玉葬花里的那些落花，有很多是丁香花。

真是"才下眉头，却上心头"，心有千千结。

也许，丁香自己都不知道，她还给人们带来了那么多精神

丁香，能健胃消胀、促进排气、消炎抗菌等，是化解口臭尴尬的良药，为"古代口香糖"。

上的纠结、表达和反馈。看看她的另外一个名字，因为"花实丛生，其中最大者为鸡舌，击破有顺理而解为两向，如鸡舌"而得名的"鸡舌香"，就可以知道，她其实简单而朴实。在古代，她曾经为治疗口臭立下汗马功劳。

相传，唐代诗人宋之问在武则天掌权时曾充任文学侍从，他自恃仪表堂堂，又满腹诗文，理应受到武则天的重用。可事与愿违，武则天一直对他避而远之。他百思不得其解，于是写了一首诗呈给武则天以期得到重视。谁知武则天读后对一近臣说："宋卿哪方面都不错，就是不知道自己有口臭的毛病。"宋之问得知后羞愧无比。从那之后，人们就经常看见他口含丁香以解其臭。

丁香，是化解口臭尴尬的良药。过去，人们由于缺乏科学的口腔保健知识和有效方法，患口臭者十分普遍，而丁香健胃消胀、促进排气的功效可以压住因胃火上升或牙周炎等疾病引发的呃逆、反胃与口气不佳，抑制细菌及微生物滋长，还能减轻上呼吸道感染症状，增加身体的抗菌能力。据传，中国汉代百官在皇帝面前奏事或回答问题，嘴里都含嚼丁香。这在北宋科学家沈括的《梦溪笔谈》中也有记载："三省故事郎官口含鸡舌香，欲奏其事，对答其气芬芳。此正谓丁香治口气（口臭），至今方书为然。"可见，含丁香治口臭，不仅源远流长，且方法极类似于现在的"嚼口香糖"。由此，有人趣称丁香为"古代的口香糖"。

想那古代官员们，一边毕恭毕敬地上朝奏事或听差，一边勤勤恳恳地含嚼丁香，也真是一道有趣的风景呢。而那古代的人，真是关爱自己、善待他人，唯恐自己的不良口气熏染到他人，给他人造成不良感觉。

如此想来，丁香治臭，真是有了非常的味道啊。

丁香就是这样美好而实用的。丁香一点儿都不忧郁。为什么要忧郁呢？丁香的精油也能够给人带来愉悦的情感，能舒缓因情绪郁结而产生的不快或胸闷感。丁香花儿更是不但自己芳香，还芳泽遍野，可以净化空气、美化环境。那或淡紫、或蓝紫、或紫红、或白色的花儿，姿态丰满而秀丽，在繁茂中透着淡雅的清光。

丁 香

所以，对于丁香，我们要记住她的美好，她的洁净，她的实用，她的趣味，而不要耿耿于怀她的"忧愁"。那样，我们看花即是花，花与人共美。

# 萱　草

　　新鲜的黄花菜，真是很美的，浅浅嫩嫩的绿色中带着微微淡淡的黄。她原来的名字也美丽而动听，叫萱草、谖草、忘忧草。

　　萱草是极富内涵、极具价值的。在中国的文化意象里，萱草代表母亲和孝亲。古时候，母亲居住的北堂门前往往种有萱草，人们便雅称母亲所居为萱堂，于是萱堂也代称母亲，沿用至今。为女性长辈祝寿，都尊称为"萱寿"。那时，游子远行前，会在北堂前种上萱草，希望减轻母亲对孩子的思念，让母亲忘却烦忧，这和明代医药学家李时珍在《本草纲目》中解释的一样："萱本作谖。谖，忘也。"《诗经·卫风·伯兮》里那位吟诵"焉得谖草，言树之背"的妇人，也是因为思念远征的丈夫，在家居北堂栽种萱草，借以解愁忘忧的。的确，在那飘逸雅致的绿黄色中，忧愁，是会慢慢地消失殆尽；希望，会一点一点地升上来。

　　后来，因为"今东人采其花跗干而货之，名为黄花菜"

（《本草纲目》），萱草就
被唤作了黄花菜。细细想
来，颇有深意：观赏怀想
的时候，"萱草"更富有
诗意和温情，买卖食用的
时候，"黄花菜"更流于
平实而质朴。这就如同新
鲜黄花菜和成品黄花菜的
区别。那深黄色的成品，
是让人很难联想到她的年

萱 草

少光华的。就好像一个人，老了之后，还会有多少人记得住、
想得起她曾经青葱如水的模样儿呢？

　　记不住，想不起，就罢了吧。内心深处的圆融春光是会令
容颜饱满平和的。老了，就要更加从容、淡定，从而别有一番
风采。黄花菜就是这样，她愈是成熟，愈是镇静宣发而魅力
十足。

　　因为，只有加工成成品的黄花菜，才食用安全，是真正实
用的。新鲜的黄花菜，不适合食用，她含有一种叫作"秋水仙
碱"的物质，这种物质本身无毒，但经过胃肠道的吸收后，会
在体内氧化成为"二秋水仙碱"，"二秋水仙碱"则具有较大
毒性，要在摄氏60度高温时才可以减弱或消失。所以，食用
黄花菜之前，需要花费一定的时间和精力，按一定的程序耐心
细致地加工处理。

　　黄花菜在夏天成熟，采摘一定要赶在正午时分开花之前，

　　萱草，又称忘忧草、黄花菜，代表母亲和孝亲，能理气解郁、令人心情愉悦等，因镇静宣发而魅力十足。

即花蕾状态。若那时不摘，便会开花，开出黄色花儿的黄花菜虽然极美，却也不适合食用，因为开花后形状会有变化，不利于加工成成品。摘下黄花菜后，要把她放进蒸笼里蒸上一阵，然后铺在太阳底下晒干。晒干后的黄花菜就可以用塑料袋封存了。等到食用前，从塑料袋中拿出，用清水浸泡一阵，方可炒食或开汤食用。

是不是很麻烦？当然麻烦。而有时，就是麻烦，才有味道。好比是窈窕淑女，要让那男子费心费时费力去追求，那女子才更显珍贵，那感情才更值得珍惜。轻易就追求到了，男子对女子的珍惜程度会高吗？

梅花香自苦寒来。食用成品黄花菜，就会像三国魏时期才华横溢而又注重养生的美男子嵇康在他的《养生论》里说"萱草忘忧"一样，心情会越来越好。相传秦末农民起义领袖陈胜起义前，家境贫寒，又身患疾病，全身浮肿，常常乞食度日。后遇一位好心老妇人送些萱草给他，教他煮食。陈胜食用一段时间后，慢慢忘记了自己的忧愁，身体痊愈，并逐渐强壮起来。后来他与吴广组织农民起义，成为历史上首开先河的农民领袖。

黄花菜非常适合气郁体质的人食用。比如治疗妇女产后抑郁、奶水不足、乳痈肿痛、通身水肿等病症，可以直接取用成品黄花菜 2 至 3 两，用清水浸泡后把水倒掉，再换清水 500 毫升煎煮，每日可以服用 300 毫升，一日二次，理气解郁、消肿止痛的作用是很明显的。

所以，北宋药学家苏颂说黄花菜"利胸膈，安五脏，令人好欢乐，无忧，轻身明目"。那么多生动的赞誉的词儿，真是没错的。

摇曳在阳光里的黄花菜啊，是盛夏一道绚美的风景。若是开在春天，也会博得很多人的观赏与喝彩吧。不过，真正内蕴深厚的东西是不会在意掌声有无的。一如黄花菜，静静地飘扬在田野里，绽放着自己独特的光芒。

# 油菜花

油菜花的香，是我没有想到的。

那种香味，介于桂花和栀子花之间，不过分浓烈，也不过分清淡。置身于油菜花丛中，香便扑鼻而来，单嗅一朵，却又似有还无。

随着这香儿，我行走在一大片油菜花丛中。远山含黛，流水含情，村庄古朴，田野空旷。笔直丛生、茎绿花黄的油菜一簇簇、一畦畦、一片片，呈十字形排列的四枚花瓣儿，对我扬着嫩黄微薄、质如宣纸的笑脸。

那一刻，我终于明白油菜为什么又叫芸薹了。芸，是一种香草，不仅叶、茎有特殊的香味，还是一种可贵的药材，可以驱虫、祛风、通经。薹，即薹菜、青菜，为十字花科，白菜亚种的一个变种。芸薹，就是这样香气浓郁地浸染在人间烟火中，既浪漫又现实。

花儿过后，油菜会结籽，收割后，油菜籽榨成的油可以食用，还可以润发养发。"取油傅头，令发长黑。"唐代医药学

油菜花，又叫芸薹，有特殊香味，能驱虫、祛风、通经等。油菜籽榨成的油可以食用，还可以润发养发。

家陈藏器编著的医药学著作《本草拾遗》道出了她养发的原因。我觉得还有一个原因，就是香。有记载说，这油儿是古代女子心爱的护发品。想那沁人心脾的香，既可以飘荡在丝丝秀发间，又能够蕴藏在家常饭菜里，真是很有味道啊。平常的生活，也仿佛开出了新鲜的升腾的花儿，跳跃在一秒一秒的时光中。

油菜的实用还在于她有散结消肿的治病功效。贞观七年三月，唐代医药学家孙思邈有一次醉酒，"至夜觉四体骨肉疼痛。至晓头痛，额角有丹如弹丸，肿痛。至午通肿，目不能开。经日几毙"。难受之际，他想到油菜能治风游丹肿，"遂取叶捣傅"，汁液和着弥漫的香气，让他顿时觉得舒服了许多。接着，肿毒便"随手即消，其验如神也"。他甚感欣慰，还总结出新的用法，即"亦可捣汁服之"。

好看、好闻又实用。油菜，让老百姓更加喜爱了。"黄萼裳裳绿叶稠，千村欣卜榨新油。爱他生计资民用，不是闲花野草流。"他们会在田间地头随手撒一把她的种子。而她又争气，种子进入泥土，就会很快地蓬勃生长。春风一起，花儿便如潮水般涌了出来，铺天盖地，势不可挡。以一色金黄，同万千姹紫嫣红一起，渲染出春满人间的万千气象。那传说中每年夏天让牛郎织女相会的鹊桥，就是这傲然迎春的花儿们装点的。黄黄的那一簇中，便有油菜花，芸芸的香味里，也包含了油菜花香。想那牛郎织女，能在清芬纯美的花海花香中，聊解相思之苦，也算是得到一份慰藉。

"篱落疏疏一径深，树头花落未成阴；儿童急走追黄蝶，

油菜花

飞入菜花无处寻。"远处，有一群孩子，嬉戏在油菜花丛中，笑声里，淌着花香，仿佛叮叮咚咚的泉水，轻巧柔细地亲吻着耳膜。在这样的花海里，可以打一个滚儿，摔一回跤，捉一次迷藏，任无邪的童真尽情挥洒。也可以在触手可及的蓝天白云下，枕着花香，静静地小眠一会儿，把自己放逐在原野上，任一份澄澈与明净，融化身心。

于是，这一刻，阳光温暖，春风和煦，天空澄碧，大地金黄。蜂飞、蝶舞、花香，应和着泥土的自然气息。我在油菜花丛中，天地宛若一幅散着金光的风景画，以魅力四射的光芒，缓缓地将我环绕。

# 格桑花

那天，他说要去西藏林芝。我的脑海里迅速涌出的，是一幅苍茫、悠远的高原图画，在那样的图画中，赫然盛开着格桑花。

我不知道，我为什么会想到格桑花，但是我觉得，如果去西藏，一定要能够遇见格桑花。格桑花又称格桑梅朵，在藏语中，"格桑"是"美好时光"或"幸福"的意思，"梅朵"是花儿的意思，格桑花也叫幸福花，是代表着爱、幸福、吉祥和圣洁的藏族文化植物。在西藏历史的长河中，格桑花作为一种精神长存于藏族百姓心中，成为他们追求美好情感的象征。

他启程了。到达林芝的时候，秋意正浓，云淡风轻。

我看到他从鲁朗林海的扎西岗村到达巴松湖的结巴村，住进多登家庭旅馆，吃下多登年轻漂亮的妻子为客人做好的简陋晚餐。然后，他以行者的姿势，在那世外桃源般的境地中，拍下了各种民俗民居的图片。

我看到他在海拔3000米左右的八一镇以西18公里的卡

格桑花

定沟瀑布公园内，站在山的最高处，俯瞰林芝城全景。他说，那一天中最后的阳光穿过云层射出几道光柱，将尼洋河畔的山峦照射得凌厉硬朗。

凌厉硬朗，喜欢他用的这个词儿，而这个词儿背后，应该流转着万丈霞光，无限荣耀。那绚美荣光包围着的，是大片大片的喜爱高原阳光、不畏严寒风霜的格桑花。

其实，作为西藏首府拉萨的市花，格桑花具体为何种植物存在着广泛的争议，人们只是把唤不出名字而又非常美好、在高原上生命力最顽强的花儿都统一称作格桑花。格桑花的模样儿，和波斯菊、翠菊等菊科类植物相似，有粉红、桃红、米白、浅紫、嫩黄等颜色。她的叶子像一根根粗壮的绣花针，浅浅淡淡地绿着，绽放着小小的光辉，衬托着蓝天的笑脸，洋溢着金秋的光芒。

当地的人们，喜欢在自家庭院中种植格桑花，让格桑花的芬芳荡漾在心间。他们还常常把格桑花和着叶儿放入清水中，煮沸，稍作冷却，喝下，并擦洗面部。他们觉得，食用这样的水儿，不仅可以温中排毒、明目润肤，还可以让一切美好浸透全身。

和风丽日下，阴雨绵绵中，他都不停地在行走。他徒步走完了雅鲁藏布大峡谷。他看到来自四面八方的人们，他和他们犹如天上的白云，在风的推送下不期而遇，相互交汇，带着天空下各自的纯洁，顺着自己的轨迹各奔东西。在再难重逢的感叹中，他留意着他们的风貌，并以虔诚的心思和陌生的专注品读他们。他看到他们坚毅的面容，坚定的目光，以及对生活的憧憬和执着。

而我，却只是越过茫茫人海，看到了足够特别的他。

这是怎样的一位男子，他以温文尔雅、周全细致的姿态，爱着大自然中的每一个人，爱着脚下的每一寸土地，爱着土地上的每一处风景。他坚韧、顽强，行走在广袤的大地上。

那一刻，我想，那样的相逢，一定交相辉映着格桑花的清长唯美；我的耳边响起的，是美国诗人惠特曼在《草叶集》中说的那句话：现在我们已经相会，我们凝视，我们欣慰都很平安。

格桑花，生命力顽强，也叫幸福花，代表着爱、幸福、吉祥和圣洁，可以温中排毒、明目润肤等。

不要和他说话，和他说话你会深深地爱上他。他吐露的每一个字、每一个词、每一个句子、每一个标点符号，都生动温暖，都燃烧着激情。在激情中，你会不能自拔。

不要与他同行，与他同行你会紧紧跟随他。他坚实的脚步，不羁的心灵，无一不表达着对自由的热爱和对幸福的向往。在这样的热爱和向往中，你会随他，浪迹天涯。

而那一簇簇一束束的格桑花，早已在远方无可遁形的茫茫雾霭中，开遍天涯。

# 生 生 不 息

SHENGSHENG BUXI

　　姿态万千的草儿啊，静悄悄而又俏生生地，和着沉醉的春风，探出头来，嫩嫩的，绿绿的。田园里，山野间，湿地中，瞧去，一大片一大片满是的。她们，身怀除湿痹、辟浊瘀、温阳补肾、滋阴生津、疗伤止血、补气镇静、清热解毒、消痈散结等绝技，立着，坐着，卧着，蓬勃着。

── 药草芬芳 ──

# 蒲公英

和蒲公英的相知相守，是在一寸一寸飞翔的时光中。

记忆中的蒲公英是安静的，常常在绿草丛中静静地开。她的根牢牢地钉在地里，碧绿的长圆形的边缘类似羽状的叶子舒展着。冬末春初抽花茎，她的顶端会生出头状花序，开出黄色舌状花。所以，她又叫黄花地丁。

我曾经和小伙伴们找到过她。那是常常忍不住有饥饿感的读书时光。蒲公英的花还没有全开，是叶子食用的最佳时候。我们把嫩叶洗净沥干，用开水焯一下，再放入铁锅小炒，加入适量切碎的红辣椒、大蒜泥、香油、食盐等，搅拌后，做成小菜，味道，竟是清爽非常。

初春的阳光，轻轻地拂在我们年轻的脸庞上。那流转的光，生动，盎然，凝着清玉般的章华。有个小伙伴，本来是有着青春痘的，吃了蒲公英的嫩叶后，痘痘竟奇迹般地消退了。于是，我们就知道，蒲公英的嫩叶，可以消除青春痘，以同样青春逼人的姿态。

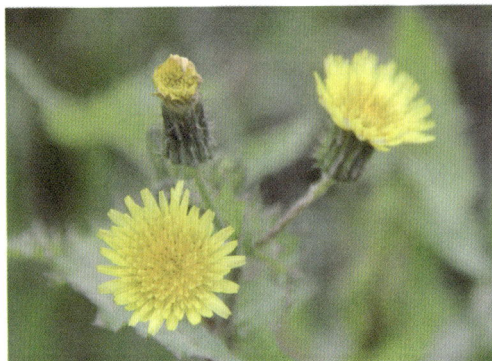
蒲公英

后来，同寝室有个同学臀部长出一个疖子，红肿热痛。疖是一种化脓性毛囊及毛囊深部周围组织的感染，相邻近的多个毛囊感染、炎症融合形成的就叫痈。因为长在臀部，感觉是难言之隐，同学不想去医院。我们就给她找来一些蒲公英的叶子和茎，先把茎洗净折断，用断处流出的奶白色汁液涂抹疖子，再将茎和叶子捣碎和着汁液敷在疖子上，最后覆盖纱布，用胶带固定。敷上后，她马上觉得皮肤有了清凉之感，疼痛似乎减轻了一点。敷了一天，疖子就消了很多，再连着敷了几天，疖子就彻底消散了。同学很高兴。蒲公英清热解毒、消痈散结的作用也深深地印在我们的脑海，她能够治疗各种疖疮疗毒和恶疮恶刺。唐代医药学家苏恭（原名苏敬）主持编撰的世界上第一部由国家正式颁布的药典《新修本草》（又名《唐本草》）中记载："妇人乳痈水肿，煮汁饮及封之，立消。"元代医药学家朱震亨在《本草补遗》中也说她"解食毒，散滞气，化热毒，消恶肿、结核、丁肿"。

当蒲公英开出朝气蓬勃的黄色花朵，她就长大了。她的花盘外壳由绿变为黄绿，种子由乳白色变成褐色时就可以采收了。她的花语是"开朗"，她的果实成熟时形似一个白色绒球。这时候的她，属于风。风来，她随风而去，飞舞，飘扬，向着远方的路。风停，她落絮生子，安然，坦然，不沉迷于过往。

长大了的我们，也在飞扬中惦记着蒲公英。由于经常要面对电脑，要熬夜工作，我们开始学着用蒲公英熬粥或泡水喝。经过煮泡的蒲公英由青绿变成了深绿，化作一缕缕微甘微苦的清香，荡漾在心脾间。清心养目的同时，性平、味甘、苦寒的蒲公英还可以保护我们的皮肤，美白祛皱，防止辐射。

流转的光阴，踏着不变的光华。春天的和风中，我看见蒲公英在一次次飞翔。每一次飞翔里，蒲公英被推动向前。在不断的前进和上升中，她看到了一个又一个不同的广阔的世界。飞翔，并不是因为现在不好，而是因为有更宽阔的心灵、更长远的目光和更强劲的翅膀，可以看到另外一片天地，和那天地中的另外一个自己。

蒲公英，又叫黄花地丁，可以解食毒、散滞气、化热毒以及消恶肿、结核、丁肿等。

被天边的风吹着悄悄飘散后，蒲公英总是留下青青的叶子和深深的根。飞翔，不是遗忘，不是背叛，而是始于本真，终于本真，并从坚强有力的本真之中，开出自然的绚烂的自由行走的花。

据说，看到春天里的第一株蒲公英时，可以双手合十，用心许下一个愿望。蒲公英会带着我们的愿望，穿越高山大海，飘于苍穹之中。缓缓飘飞的羽屑，承载着浓浓执着的情怀，传达着切切柔暖的怜爱。

而我们的愿望，一定会实现。

# 兰 草

"空谷有佳人，倏然抱幽独。东风时拂之，香芬远弥馥。"
摇曳在风中的兰草，缓缓地踏诗而来，带着清冽的芬芳。

那茂密而有序的深绿色的兰草叶子真是非常耐看的。她自
茎部簇生，仰俯自如，终年常绿，开出素而不艳的小花，亭亭
玉立之间，散发着迷人的清香。

气芳香、味辛平是兰草最具吸引力的地方。中国现存最早
的药物学专著《神农本草经》说她"味辛、平。主利水道，杀
蛊毒，辟不祥"。她能够用她的气味品性来化湿、辟浊、醒脾，
尤其擅长治疗口中有甜腻之感的脾瘅。脾瘅是过食肥甘油腻、
以口中发甜为主要症状的疾病。中国现存医书中最早的典籍之
一《黄帝内经》也针对脾瘅，提出过"治之以兰，除陈气也"
的观点。除，谓去也。陈，谓久也。因为兰草味辛能发散，所
以她可以除去陈久甘肥不化之气。而脾瘅往往又可能发展为相
当于现在所说的糖尿病，即以多饮、多尿、多食及消瘦、疲
乏、尿甜等为主要特征的综合病症。因此，兰草对于防治糖尿

兰草，气芳香、味辛平，能化湿、辟浊、醒脾等，对于防治糖尿病有较好效果，可全草入药。

病也有一定效果。把她全草入药，或煮或煎，都是有用的。

兰草也叫佩兰，因为她能传播可人的香气，世间便有了"吐气若兰"一词。想那冰清玉洁的妙龄少女，樱唇微启，气息飘忽，若隐若现的兰草清香，淡淡幽幽地飘来，多么清洁而干净啊，那是女孩子真正的味道。再把兰草细细端详，她也真像一位姿态端秀的少女呢。连她的传说，都透着女孩子的动人与温婉。

传说很久以前，一个身世悲惨、生活潦倒的书生邂逅了一位名叫兰草的美丽姑娘，这位姑娘浑身上下都充满着一种特殊的香气，呼出的气息也暗香袭人。书生与兰草相爱结婚，日出而耕，日落而息，生活美满幸福。然而，好景不长，天上的王母娘娘知道了，大发雷霆，派出天兵天将要将兰草捉拿回天界。原来，兰草是天上的仙女，私自下凡到人间结尘缘。离别之际，兰草仙女与书生相拥而泣，泪水滴落，融入尘土。兰草仙女走了之后，书生日夜想念她，经常跑到离别之处仰望天空。不久，书生发现兰草仙女泪水滴落的地方长出一种草儿，开出素淡的花儿。草儿香气甚浓，就像兰草身上的气息一样。书生终于感到了慰藉，他把这种草称为兰草，终身侍弄她们，寄托自己对兰草仙女的无尽思念。

　　真是一个超凡脱俗的故事，这故事更让兰草有了不凡的品质。记得有人说过："一个清高的人，要么吐气若兰，要么气质若竹，要么心净如水，要么才情如海。"清高，没有什么不好的。而兰草无疑是有这种优雅别致的清高的。她的蕙心芳质，来自心灵深处，低调，纯实。"我爱幽兰异众芳，不将颜色媚春阳。西风寒露深林下，任是无人也自香。"朴素的句子，道尽了兰草不染凡尘的卓越芬芳。

　　所以，当一位女子，有了兰草般的清香，那真是拥有了福气和贵气。这不仅是在精神层面上体现了高洁的意义，而且还从物质层面上反馈出了重要的身体信息：只有身心健康，没有内在疾病的人，才会透出如兰草般清新的自然体香；口中，鼻中，才会吐气若兰；自然的、本真的笑容，才会像兰草一样，从容绽放。要相信，我们的身体从来不会说谎。

　　那么，就做一位像兰草一样的女子吧。心静，心安，坦然，泰然。那自然兰香，便会徐徐地散发出来。这样的女子，是值得人花费一生的时间去细细品读和深深珍惜的。

# 徐长卿

徐长卿，一个古意浓浓的名字。

一些古装电影或电脑游戏中，有的角色就是叫这个名字。而如果，这个名字出现在中草药里，那该是怎样一番味道？

据传，唐代贞观年间，唐太宗李世民外出打猎，不慎被毒蛇咬伤，病情十分严重。御医们用了许多方法，均不见效，只得张榜招贤。民间医生徐长卿采药路过，觉得自己有把握治好李世民的病，便揭榜进宫。他把采来的"蛇痢草"取三两煎好，一日两次让李世民服下，余下的药液用于外洗。李世民连着服用三天，症状就完全消失了。他高兴地询问药名，徐长卿却吞吞吐吐地答不上话。原来，李世民被蛇咬伤后，下了一道禁说"蛇"字的圣旨。站在一旁的丞相魏征急中生智，为徐长卿解围："徐先生，这草药是不是还没有名字？"徐长卿会意，忙说："这草药生于山野，尚无名字，请皇上赐名。"李世民不假思索地说："是徐先生用这草药治好了朕的病，就叫'徐长卿'吧。"皇帝金口玉言，中草药"徐长卿"的名字也因此传开了。

　　徐长卿，人名也，常以此药治邪病，人遂以名之。具奇香异气，可镇
静、辟秽、辟瘟疫等。

　　这样的传说，是很有意思的。明代医药学家李时珍也说：
"徐长卿，人名也，常以此药治邪病，人遂以名之。"原来，
草，就是这样随了人名。

　　除了叫蛇痢草，徐长卿还有别仙踪、寥刁竹、竹叶细辛等
别名。在一般的想象中，可以用于治疗毒蛇咬伤的草药可能会
长得比较强悍，而徐长卿的外表却是柔弱素净的，全然没有像
医生徐长卿一样的男性风采。她是多年生草本，灰绿的模样
儿，高约 65 厘米，根茎细短而刚直，不分枝，叶子像柳树叶
儿，两叶相当，对称地生长着，光润有致。偶尔，她也开出黄
绿色的小花子。她最有特色的是她的土黄色的根儿，细细密密
地呈须状，那须多的可达 50 余条，形状如同马尾一般，散发
出特殊的香气。

　　也许正是因为有着奇香异气，徐长卿有较为特别的镇静作

徐长卿

用。她可以治疗一些晕晕乎乎的毛病，比如，晕车晕船。有这样毛病的人，可以在外出前，把徐长卿和石长生、车前子、车下李根皮这些中药和在一起，捣碎放入棉布袋中，把棉布袋封口缝好，系在头部或腰部，乘车坐船就可以感觉很自在了，呕吐、头痛、眩晕、烦闷等晕车晕船的症状是会不见了的。或者，就简单地把徐长卿洗净煎水服用，也可以防治晕车晕船。

这正像某些有特殊气味的人，反而拥有了特殊功能一样。例如，传说中的香妃，就是因为体内散发出不同寻常的灵异之香，才拥有了常人不具备的飞翔本领的。而能够像鸟儿一样，在蓝天白云之间翩翩飞舞，是多少人的梦想啊。

徐长卿的镇静自若，让人们喜欢把她当作长项链一样，戴在胸前，用来预防一些流行病。尤其是春天的时候，把她晒干放进小棉布袋里缝好，用稍长稍粗的棉线穿起小棉布袋，挂在胸前，可以预防流感、流脑等春季流行病。有些老人特别爱给小孩子挂这样的棉布袋，还出于辟邪、保平安、祈福祥的考虑。徐长卿也确实有这样的功用的，中国现存最早的药物学专著《神农本草经》说她主治"鬼物百精蛊毒，疫疾邪恶气，温疟"，"久服强悍轻身"。她确有辟秽作用，古人还用她来辟瘟疫。

　　有着如此安定的状态，才能保肝和胃，所以，徐长卿归肝、胃经。由此，她还可以镇痛抗菌、祛风除湿止痒、降血压降血脂。《神农本草经》将她列为上品。上品为君，主养命以应天，无毒，多服、久服不伤人，可轻身益气，不老延年。

　　镇静从容，才能安然稳重，方可贵为上品。

　　想那徐长卿，虽然也有似柳叶般飘逸的叶子，但人们更多地却是关注柳树，而少有关注徐长卿的，甚至对她完全不了解。不过，这显然一点都妨碍不到徐长卿。她怡然自得地直立在风中，哪怕低到尘埃，都能欢喜，温暖，开出自己的风采。

# 刘寄奴

"斜阳草树，寻常巷陌，人道寄奴曾住。想当年，金戈铁马，气吞万里如虎。"真是豪迈大气的句子。其中提到的寄奴，是南北朝时期宋武帝刘裕的小名，刘宋开国之君。

刘裕，这位被誉为"南朝第一帝"的卓越的政治家、改革家、军事家，对内平定战乱，对外致力于北伐，改善了政治和社会状况，对江南经济的发展、汉文化的保护发扬都有重大贡献，真是气势雄壮。

所以，南宋诗人辛弃疾在《永遇乐·京口北固亭怀古》中，特别借助刘裕等各种典故来怀古咏今，不但彰显了其"豪放派"的特性，而且还意味深长。

而刘寄奴，还是一味中草药，是用刘裕的小名来命名的。这味历史上唯一用皇帝的名字来命名的中草药，作用当然不可小觑。作为菊科和草本植物奇蒿的全草，她一茎直上，叶似苍术，其子细长，一枝攒簇十朵小花，白瓣黄蕊，如小菊花状，性温、味苦，是治疗跌打损伤的传统中草药，茎、叶、花、子

皆可用，具有疗伤止
血、破血通经、敛疮
消肿、醒脾开胃等功
效，医家及民间经常
将她用于跌损瘀痛、
金疮出血和妇女经闭
症瘕等症。

刘寄奴的神奇，
据说和刘裕称帝有
关。皇帝称帝之前是
总有些预兆的，据说
刘裕出生时有神光照
亮室内，当晚还天降
甘露。而且民间流传
的刘裕称帝前的故
事，更是让刘寄奴染
上霸王之气。

那次，刘裕去伐
木砍柴，被一条横卧

刘寄奴是南朝宋武帝刘裕的小名，是历史上唯一一
味用皇帝名字来命名的药草，能疗伤止血、敛疮消肿等。

路上的大蛇挡住去路。刘裕弯弓搭箭，射中了大蛇，大蛇负伤
逃窜。第二天，刘裕又上山，想找到那条大蛇。找了一阵没找
着，却隐隐约约听到从远处传来的一阵阵杵臼捣药的声音。随
声寻去，只见草丛中有几个青衣小童在捣制草药。刘裕问他们
为何要制药，小童答道："我们的王被刘寄奴射伤，所以要制

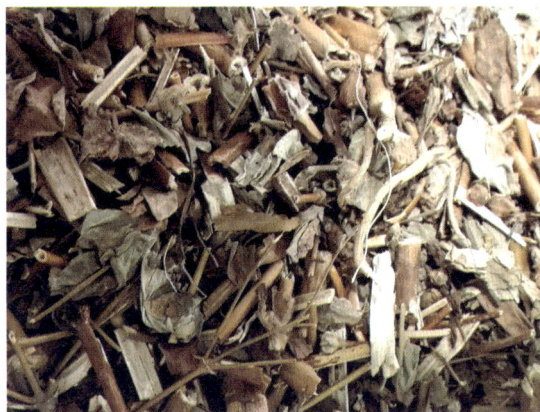

药医治，捣烂敷在患处就好了。"刘裕追问："你们的王既有神通，为何不杀了他？"小童却答："刘寄奴是王者，不可以杀。"刘裕寄奴一听，便大吼道："我就是刘寄奴，专来捉拿你们。"小童吓得弃药逃窜，刘裕便将其丢弃的草药和臼内捣成的药浆一并拿回。待到领兵打仗时，刘裕用那些药治疗被枪箭所伤的士兵，疗效甚好。士兵们不知道药的名字，只知是刘裕射蛇得来的神仙药草，所以就用刘裕的小名"刘寄奴"来称呼。而没过多久，刘裕就称帝了。

刘寄奴显然没有辜负这个名字，还以大气神功的特别疗效来衬托这个名字的独一无二。例如，有外伤出血、局部肿胀或疮疡湿疹时，可用她煎汤淋洗患病部位；有血尿、腹胀时，可用她煎汤内服治疗；把她捣汁兑入香油服用，可以治疗病毒性肝炎、降低转氨酶、消退黄疸；把她泡酒喝，可以治疗受风受寒、风湿麻痹等症。

而且，刘寄奴的关怀一直伴随着刘裕。刘裕称帝后，有一次外出游玩，偶遇一位僧人。僧人为他献上一些药，说是可以治疗陈年疾患，说完便失去了踪影。刘裕手部有陈旧伤患，到了阴雨天就疼痛发作，一直都无法痊愈，用了僧人的药，仅一次后就痊愈了，再没有发作过。而这些药和当年那几个青衣小童捣的药是一样的，就是刘寄奴。

想那辛弃疾，一生都想建功立业，可惜郁郁不得志。倒是和刘裕有关的刘寄奴大刀阔斧地铲除病毒，屡建奇功，在自己的领域里大建了一番功业。其实，草木和人一样，都是有情的。

YIMUCAO

# 益母草

益母草。

写下这三个字的时候，一种源于内心的本真和温暖会顺着指尖，汩汩地涌出来。这般直白的名字，一听，就知道，她是有益于女子的草本植物。

再看她的另外一个名字："坤草"，可以进一步感受到她与女性的密切关系。"坤"总是和"乾"在一起，组成"乾坤"，即八卦中的两爻。乾代表天，衍生为阳，是男性或男方的代称，坤代表地，衍生为阴，是女性或女方的代称。

她的第三个常用名"茺蔚"，取"此草及子皆充盛密蔚"之意，就更是体现了母性的光辉。茂密隆盛，于天地之间，生生不息，蓬蓬不止。

难怪春秋末年鲁国人、孔子学说的主要继承人和传播者曾子见到她，也不禁感思无限。就是三国吴学者陆玑所说的"曾子见之感思"。曾子本是极孝之人，有一次，夫人做了生鱼，他刚夹起一块放进嘴中，突然想起母亲在世时没有吃过生鱼，

_075

益母草，又名坤草、茺蔚，可全草入药，有"血家圣药"之称，历代医家都用她来防治女科疾病。

便当即眼含热泪，将鱼吐了出来，并终生不再吃鱼，这即是"思母吐鱼"的典故。而看见益母草，曾子当然会自然而然地想到母亲。母爱，多么博大、深厚、永恒。

的确，益母草与感恩有关，她的来历，包含着一个动人的故事。很久以前，在豫西地区伊洛河畔的一个小山村里，一名叫茺蔚的孩子的母亲在生他时得了"月子病"，久治不愈。几年之后，她身体越来越虚，竟至卧床不起。茺蔚懂事之后，就悉心照料母亲，非常孝顺。看着母亲的病越来越重，他决定外出为母亲问病求药，下决心要把母亲的病治好。他沿着伊洛河往前走，逢人便问，见草就挖，但一直没有找到能治好母亲疾病的神医良药。有一天晚上，他借宿在一间寺庙中，庙内老僧见他救母心切，便赠他四句诗，让他据诗寻找治病草药。诗云："草茎方方似黄麻，花生节间节生花，三楼黑子叶们艾，能医母疾效可夸。"得到这样的诗，茺蔚更是沿着河岸认真寻找起来。功夫不负有心人，他终于找到了那种茎呈四方形、节间开满紫红色小花、结有黑色三棱形小果实的草儿。母亲服用后不久，多年的疾痛竟没有了。茺蔚又把这种草儿介绍给其他患月子病的妇女，也都收到了很好的疗效。由于这种草是茺蔚为医治母亲的病而找到的，又益于妇女，人们便唤它茺蔚，又把它取名为益母草。

这个故事也应和了明代医药学家李时珍在《本草纲目》中的记载，"其功宜于妇人及明目益精，故有益母之称"。中国现存最早的药物学专著《神农本草经》将她列为上品，上品为君，主养命以应天，无毒，多服、久服不伤人，可轻身益气，不老延年。这唇形科多年生草本植物，可以全草入药，其味辛苦，气微寒，有活血祛瘀的功效，素有"血家圣药"之称，历代医家都用她来防治女科疾病。

在日常生活中，将益母草炒食、上汤、做汤，营养保健的效果都很好。可以将益母草和桑寄生各 30 克洗净，取鸡蛋或鹌鹑蛋 4 只煮熟去壳，把益母草、桑寄生和蛋放进砂锅内，用文火煮沸，再放入冰糖，煲至冰糖完全溶化，做成"补益汤"。女子在经前、经后饮用，养肝补血的效果更佳。

益母草不仅有内调之功，还有外养之效。她含有硒和锰等微量元素，可以抗氧化、防衰老、抗疲劳。将她做成敷面粉来养颜润肤是非常不错的。采摘一整株新鲜的益母草，用清水洗净、晾干、切细、研为粉末，加入适量的清水和面粉，调制、揉和成汤圆大的团状，然后用小火煨一昼夜，待凉后，再研成粉末，放入洁净的瓷瓶中保存。晚间洗净脸后，可取适量敷面粉，加入蜂蜜，调成糊状敷面。

做补益汤或敷面粉，都要费时费力。不过，这些时力的付出是值得的。想那传说中的茺蔚为母亲和天下女子的付出，女子们真是可以多多地使用益母草的。

珍惜益母草，珍惜自己。

# 车前草

大凡做过学生、有过寄宿生活体验的人，都会明白饥饿的滋味。那时对美味的渴望，不是一般地强烈。

所以，寄宿时我们制作的一份大餐——一大盆车前草煮鱼，就让我们体会到美味带来的心满意足。

在制作这份大餐前，我们寝室八个女生，经常在入睡前交流各自曾经品尝过的各种美味，再带着对美味的无比眷念，入眠。终于有一天，我们决定突破这种画饼充饥的日子，毕竟，精神力量再强大，也抵不过饥肠辘辘时得到的一个馒头。

所以，那一个周日，我们借来一个煤炉，买来两条鱼、一些辣椒姜蒜、一点油盐酱醋，准备自给自足。即将开炒时，才发现没有佐菜。时值春日，校园里有很多车前草。从窗口往下看时，我们看到路边土地上那翠绿的小精灵。我们飞奔下楼。

"采采芣苢，薄言采之"，芣苢就是车前草啊。就让我们把那密密的根须、短而肥厚的茎儿、长椭圆形的嫩叶，一把一把地采摘起来吧。虽然，我们同《诗经·周南·芣苢》里女子们的采摘目的不同，但是，我们同她们一样，静然，欢喜。

快乐，总是相通的。那盈盈香草，从远古轻轻飘来，荡着诗意，唱着歌儿，似画一般，温暖着我们稚嫩的心。

现在想来，用车前草煮鱼，实在是大胆而创意十足，居然完全没有考虑食物配伍问

车前草

题。当然，事实也证明，那样吃是没有问题的。那个黄昏，夕阳将她橘红的光辉静静地映入我们的眼帘。我们把一大盆车前草煮鱼吃了个底朝天，真是清香可口，回味无穷啊。我们把这种美好感觉深深珍藏于心，还牢牢记住了车前草的重要功能：利尿。——那个夜晚我们都起来上了厕所，平常我们一般是不起夜的。

车前草味甘，性寒，归肝、肾、膀胱经，中国现存最早的药物学专著《神农本草经》将她列为上品，说她"主气癃，止痛，利水道小便，除湿痹，久服轻身耐老"。上品为君，主养命以应天，无毒，多服、久服不伤人，可轻身益气，不老延年。健康的人吃了车前草，短时间内的排尿量会比平常多一点，很快即可恢复原状，就像吃了车前草煮鱼的我们。若是有小便不利、淋浊带下、暑湿泻痢、衄血尿血、肝热目赤、咽喉肿痛、痈肿疮毒等症状的人，食用车前草之后，便会缓解或痊愈。

车前草，又叫苯苣，主气癃、除湿痹、止痛利水道等，对男子益处较多，可治疗前列腺炎等。

因为清热利尿、凉血解毒的功能，车前草治疗前列腺炎的效果是很好的，可以把车前草素炒、凉拌、做馅、煮粥、泡茶，或食或饮，随心随意。由此可见，车前草对于男人真是益处多多的，连她的传说都与男人有关。

传说西汉名将马武在一次戍边征战中被敌军围困，当时正是六月，由于缺食少水，人马饥渴交加，很多士兵出现了小腹坠胀、尿痛尿急、点滴艰涩等症状，马儿也尿红如血、精神委靡。马武非常着急，随军郎中也苦于无药，束手无策。一日，军中一位名叫张勇的马夫忽然发现他负责喂养的三匹马都不尿血了，尿色转为清亮，精神也大为好转。张勇便拖着病体，细心观察，发现马啃食了马车附近土地上生长的一种叶子呈牛耳形的野草。他灵机一动，也采下一些这样的草，煎水连服了几天。几天后，张勇的小便就正常了，身体也舒服起来。他兴奋地把这一偶然发现向马将军作了报告。马武大喜，立即号令全军食用。没多久，人和马都被治好了。

这牛耳形草就是车前草。真是个朴实玲珑的名字，散发着浓浓的乡土气息。这个名字也来源于那传说中的男人。当时，马武问张勇是在何处寻得这牛耳形草的。张勇往前一指，说就在道路边上大车前面呢。马武哈哈大笑："好个车前草。真乃天助我也。"后来马武率军杀出了重围。从此，这草就名叫"车前草"了。

三国吴学者陆玑亦云："此草好生道边及牛马迹中，有车前、当道、马舄、牛遗之名。"广阔的土地上，遍布车前草，多么富有生活味道啊。

正是因为车前草长期与土地亲密接触，得土地之气，才可利尿行气、轻身延年的。正如清代医药学家张隐庵所言："车前好生道旁，得土气之用，土气行则水道亦行，而膀胱之气不癃矣。不癃则痛止，痛止则水道之小便亦利矣。土气运行，则湿邪自散，故除湿痹。久服土气升而水气布，故轻身耐老。"

是的，六月微风拂面而来，放眼望去，田野里、垄沟旁、土路上、缝隙中，车前草茂然盛开着，她荣枯自守，无烦无忧，跳跃着活泼与坚强。

# 水性杨花

　　水性杨花，长得真的很美。在泸沽湖湖面上第一次见到她时，她的不拘一格，令我惊奇。

　　那时，我乘着船，在泸沽湖湖面最宽处缓缓游着。我聆听着手机里的芭蕾舞曲，仿佛看见天鹅在蓝天白云间舞蹈。而水性杨花这样一种水鳖科多年生水生植物，竟宛若从天而降的仙子，悄然而迅速地跃入我的眼中，瞬间打湿我的眼。她白色的小花漂浮在水面，茎干和根须全在水下，她轻轻随着水波，恣意伸展，丰茂奔放，和着我的芭蕾舞曲，流淌在天边。

　　据说，她的得名源于北魏灵太后胡氏。胡太后晚年风流成性，不仅与一些大臣暧昧不清，还爱上了侍卫杨白花。不久杨白花离她而去，胡太后还特别为他赋诗一首，表达离别愁绪。其后，秀容人尔朱荣入洛阳，颠覆了当时的朝廷，将胡太后和小皇帝沉入河中淹死。后人谈起此事，遂以"水性杨花"称呼之。后来，当人们要形容某些妇女在感情上不专一，就用到水性杨花，形容她们像流水那样易变、像杨花那样轻飘。

但是，我不愿意把水性杨花同任何不良意思联系在一起。这学名叫海菜花、又名龙爪菜、被摩梭人称为开普的植物，是多么娇贵、洁净、专情啊。她只喜欢温暖干净的水体，多生长在海拔高的 4 米左右的深水区域，假如水体稍有污染，她们就会成片死亡，直至绝迹。

水性杨花是学名海菜花、又名龙爪菜、被摩梭人称为开普的植物，娇贵、洁净、专情，没有任何不良含义。

所以，"水性杨花"更像是藏在摩梭女子心里的一种爱的波澜，荡漾在这些奇特女子的内心深处。在泸沽湖这个女儿国中，摩梭人至今仍然保留着母系氏族婚姻制度，他们多实行走婚制度。当男女相爱，会定下暗号，男方即在夜晚潜入女方闺房，清晨时分再离去，不被女方家人或邻居发现，俗称"摩着进来，梭着出去"，据说这也是摩梭人得名摩梭的原因。男女双方有了孩子后，女方和自己的家族抚养孩子，家族里的外祖母、舅舅是抚养孩子的主要成员之一。孩子的父亲会被告知孩子的情况，他可视自身条件支付一定的经费，还可定期探望。若男女双方不相爱了，男方以三天不来女方住所、女方以退还男方赠送的定情信物银质梳子来表示分手。

这样的规矩，随性，却又果敢，透着摩梭女子独有的坚定和顽强。而贯穿始终的，是爱的名义。那爱，就像供水性杨花生长的洁净的水儿，水净，爱在，花开，叶扬；水不净，爱就不在，花叶俱绝。想想那样的分手方式，也真是断然决然，没有余地，若有一方很不情愿，该怎样面对那份沉默而又突兀的痛苦呢？我小心翼翼地将这个问题向一位摩梭女子提出，唯恐涉及他们的隐私。但那位回答我问题的已走婚两次的摩梭女子，却是非常平静地说，要学会想得开。

要学会想得开，应该就是像水性杨花那样，以自由的心境，开阔地生长吧。爱来，接受，欣喜；爱走，放弃，淡然。于得失之间，笑傲江湖。难怪，水性杨花还被称为"环保菜"，也许正是因为这份生长高度和广度吧。人们往往把是否生长着水性杨花来判别水质是否受到污染，凡是水中生长着水性杨花，其水质一定是高标准的。泸沽湖的水质就是这样的，无色，无味，无嗅，品尝的时候，我看到地阔天清。

水性杨花就是这样和摩梭女子在一起的。摩梭女子经常把捞摘到的水性杨花做成各种美食，自己食用或招待客人。水性杨花全株都可供人畜食用。炒食，开汤，当主菜，成佐菜，均鲜美异常，对心血管疾病等有辅助治疗作用。

我欣赏水性杨花的奇特。那天晚上，在泸沽湖边，在粲然燃着的篝火旁，我和几位摩梭女子相拥合影。我看到她们的脸上，流转着奇异的光，好似水性杨花的舞蹈，绵绵延延，伸向远方。

# 韭 菜

韭菜很像草儿，青青绿绿，生生不息。

古人对于韭菜，是非常尊重的。《诗经·豳风·七月》说"四之日其蚤，献羔祭韭"。那初春二月里早早来行祭礼，献上的是羔羊和韭菜。

"四之日"是初春二月的意思，的确，韭菜是春天的好。"春韭贵于肉，初香醉食客"，秋冬的韭菜次之，夏季的最差，"春食则香，夏食则臭"。春天的韭菜品质最佳，蛋白质、脂肪、糖、钙、胡萝卜素、维生素 C 等物质的含量最为丰富，超过许多茎叶和瓜茄类蔬菜，堪称蔬园中的"绿色黄金"。韭菜作蔬，历史悠久，《礼记》中就有"庶人春荐韭以卵"的记载，说明韭菜炒鸡蛋早在两千年以前即为大众喜爱的食物。

现在有很多人食用韭菜时，比较关注她的壮阳功能。尤其是男士，在餐桌上面对韭菜时，表现可谓可圈可点，有的平静，有的小心，有的大方。

平静男士，也许是懵懂不知，也许是大智若愚，想吃就

韭菜，四季长青，春天的最好，又名起阳草，能温阳补肾、养肝益脾、散血化瘀等，还称"洗肠草"。

吃，不想吃就不吃，面不改色，心仍在跳，没有过多言语。这算是佳境。

小心男士，似乎很诡秘，心中是很想吃的，却又期期然不敢贸然下筷，脸上似笑非笑着，唯恐别人认为自己不行，好像有着不可告人的秘密。

的确，韭菜又名起阳草，能温阳补肾，散血化瘀，是治疗肾阳虚衰、性功能低下的常用药物，主治腰膝酸软、阳痿早泄、小便频数等。只是，没必要为了所谓面子，就不吃韭菜的，要知道，功能障碍如同感冒发烧一样，只是普通疾病，是可以治疗痊愈的。不过，若是因为违背道德伦理和法律法规而染疾的，就另当别论了，那样有可能牵涉到某些心因性疾病，那不是韭菜可以治愈的。其实，哪怕功能健全，适当吃些韭菜，也是能够提高免疫能力、有益健康的。因为韭菜性温，能温中开胃、养肝益脾、行气活血。

而小心男士却依然犹疑并徘徊。

大方男士呢，就颇显豪爽，拾筷端杯，做出大碗喝酒、大口吃肉的样子，喊道，来来，吃吃，吃了对我们男士身体好。同时，还转过头对在场的女士说，你们女士就不要吃了，这是我们男人吃的。

呵，性别差异，那是没有的。只要没有眼疾，没有疮痒肿毒，没有潮热盗汗、五心烦热、夜热早凉、口燥咽干等阴虚内热症状，不是两颧红赤、形体消瘦之人，都是可以适当吃点新鲜韭菜的。韭菜对人体有诸多好处，她含有丰富膳食纤维，可促进肠道蠕动、防止便秘，清除毒素，使皮肤清洁细腻。她可将消化道中的某些杂物如头发、沙砾甚至是细小金属包裹起来，随大便排出体外，在民间还被称为"洗肠草"。例如，小孩子不慎误食硬币，可让他将一小把用滚水焯过的韭菜整根吞下，硬币便会被韭菜缠绕着排出体外。明代医药学家兰茂撰写的《滇南本草》也说韭菜："滑润肠胃中积，或食金、银、铜器于腹内，吃之立下。"

所以，春寒料峭之时，准备一些新鲜韭菜，单独小炒，或加入春笋、黑木耳等物混炒，现炒现食，那种鲜嫩美味，是很让人享受的。更何况，还可以排毒养颜、清肠瘦身、温补健体，女士哪能不爱呢。

而更会让很多人眼前一亮的是，韭菜还可以治疗脂肪肝。

这也正如唐代医药学家孙思邈所言："韭味酸，肝病宜食之，大益人心。"可以将韭菜洗净后，切成火柴棍一般长，再加入点滴香油、适量精盐清炒食用。也可以做成韭菜粳米粥趁温热时食用，即将适量粳米淘洗后煮粥，待粥沸后，再加入适量新鲜洗净切碎的韭菜，调入适量精盐即可。吃点韭菜，辅以行走等持续性体育锻炼，脂肪肝就没了，这是多么惬意的一件事儿。

写到这儿，想起了春秋末期思想家、教育家孔子的弟子曾点，他在陪孔子闲坐时这样谈论自己的人生理想："莫春者，春服既成，冠者五六人，童子六七人，浴乎沂，风乎舞雩，咏而归。"那么，在细雨霏霏的初春时节，行走在风中，采下几把韭菜，那和风、微雨、嫩绿的韭菜儿，也是一幅生动而和谐的图画啊。若人在画中，就不妨像曾点一样，一路唱着歌儿回家吧。

# 黄 芪

"山中相送罢，日暮掩柴扉。春草明年绿，王孙归不归？"唐代诗人王维一首匠心独运的《山中送别》，令人神远。诗中的"王孙"指送别的友人，原意是指贵族的子孙，另外还是一味古老中药黄芪的别名。

黄芪又称为王孙，始见于隋唐时代的高寿医药学家甄权的著作《药性论》。把黄芪称为王孙，可见其尊贵。黄芪，旧作黄耆。耆，长也。相传古时有一位善良的老中医，姓戴名糁，善针灸术，为人厚道，待人谦和，乐于助人。老人形瘦，面色淡黄，人们称他为"黄耆"，以示尊敬，又意为面黄肌瘦的老者。黄耆后因救坠崖儿童牺牲。人们为了纪念他，将他经常种在屋前的一种开黄色花儿的草药起名为"黄耆""戴糁"，现在通俗地称作"黄芪"。

黄芪色黄，为"补药之长"。除了叶子是绿色的，她开出的小花、主要作药用的呈棒形的根儿，都是纯黄色或米黄色的。她也确实很"长"，入药已有悠久的历史，最早可以追溯

黄芪，色黄、味甘、性微温，为"补药之长"，最擅长补气，全身之气皆能补益。

到汉代以前，始载于中国现存最早药物学专著《神农本草经》，并被其列为上品。上品为君，主养命以应天，无毒，多服、久服不伤人，可轻身益气，不老延年。她的应用范围也十分广泛，涉及内科、外科、妇产科、五官科、骨伤科等，还含有丰富的微量元素——硒，能够提高机体对疾病的抵抗能力、延缓细胞衰老、抗癌防癌，得到过一药多能的美誉。有人曾经把中国的古药方用计算机进行统计处理，筛选出了25味最常用的中药，黄芪排在第11位。

黄芪最擅长补气，全身之气皆能补益。清代医药学家黄宫绣在《本草求真》中将黄芪推崇为"补气诸药之最"。现在也有很多人，爱用黄芪加上参须、枸杞、菊花、红枣等，泡茶饮用，以达到提气提神的效果。据说中国新文化运动代表人物之一的胡适先生，在中年以后，渐感身体疲惫，力不从心，便常用黄芪泡水饮用，特别是在讲课之前，总要先喝几口黄芪水，以致精力倍增，讲起话来声如洪钟。

除了补中益气，味甘、性微温的黄芪还有止汗止渴、利水消肿、除毒生肌的功效，兼有升阳壮骨、益卫固表、脱疮生肌的作用，归脾经、肺经，主治肺脾气虚之咳喘、气血不足之贫血、气虚血滞之偏枯等症。史料书籍《旧唐书·方技传》记载的唐朝医药学家许胤宗为陈国柳太后治病之事，就展示了黄芪的这些功能。"唐许胤宗初仕陈为新蔡王外兵参军时，柳太后病风不能言，脉沉而口噤。胤宗曰：'既不能下药，宜汤气蒸之，药入腠理，周时可瘥。'乃造黄芪防风汤数十斛，置于床下，气如烟雾，其夕便得语也。"柳太后猝患中风，是因年老体弱、气血失调。而黄芪和性微温、善散风胜湿止痛的防风配伍相使，既能补气固表而健体，又能散风行滞而调气血，恰中病理。再加上热气熏蒸既能温通经络、促进气血运行，又能润肌肤、开毛窍、促进药物成分的吸收，故能让柳太后很快治愈。

当然，不是所有的年老气虚都可用黄芪，清朝文学家袁枚就曾误用黄芪险些丧命。袁枚在某年夏天因贪口患了痢疾，腹痛泻痢不止。医生认为他年高体弱，于是用黄芪、人参等补益药治疗，结果邪无出路，致使病情加剧。后来袁枚的一位叫张止厚的老友劝他服用自制的大黄。虽然很多医生都认为大黄药性太过峻猛，年老病人不宜服用。但是，袁枚还是服用了大黄，结果痢疾很快痊愈了。中医认为，下痢是由于湿、热等毒邪停留于肠中，导致肠道的功能失调而造成的。治疗时应先给邪气以出路，引邪外出，而不能用黄芪、人参温补，温补会造成气机壅塞，邪不能出，反而"闭门留寇"。

所以，再好的药，也要使用得恰当而巧妙，方能发挥特效。世间人事之用，亦皆莫过于此。如此，才能像王维的《山居秋暝》一样，"随意春芳歇，王孙自可留"。

# 书带草

　　书带草，一个诗意绵绵的名字。

　　以其书，以其带。草而为书带，觉其书带草。草甚可爱，有泠泠清质。书若静女，飘淡淡墨香。

　　据说，古时有一位穷书生，喜爱读书，但家贫书少，常常翻山越岭，跋涉千里，借书来读。某日，书生借得书一本，在归途中遇到倾盆大雨。书生抱书躲于破庙，想起晚上书塾里还有课，要冒雨回家，可万一把这借来之书打湿弄坏了怎么办？他身上又只穿一件单衣，不好用来护书。着急之时，书生突然发现庙门边有一种草，叶长而韧，于是他用草叶编结成蓑衣状，覆于书上，得以回家上课学习。雨过天晴之日，书生想念这护书的草儿，循来路去找。庙在、石在、自己的影子在，然而草却不可复见。书生抱憾而归，为草命名"书带草"。

　　明末清初文学家李渔《闲情偶寄》中记载说："书带草其名极佳，苦不得见"，大约也来源于这个传说吧。

　　但实际上，书带草并不是很难见到。墙阴边，石隙间，山

坡里，土地上，都有她的身影。她柔韧温婉，谦虚地伏在泥

土里，不畏炎热，不怕严寒，终年长青。她最让人熟悉的是她的根，如连珠一般，呈浅浅的黄白色或米白色，被称为麦冬、麦门冬，一个耳熟能详的名字。书带草也就是麦冬啊，既有须，又像麦，冬天也不凋枯。

书带草，即麦冬，因为有滋阴生津、润肺止咳、清心除烦等功效，还被称为"不死药"。

因为麦冬翠绿鲜润的叶儿如韭而更细长，又与大禹治水有关，她还被叫作"禹韭""禹余粮"。据说当年大禹治水成功后，地里的庄稼丰收了，老百姓种的粮食多得吃不完，大禹就要求大家把剩余的粮食倒进了河中。之后，河中便长出了一种草，即麦冬。

由此，麦冬，书带草，就真是很令人骋思遐想。她既具有精神气质，又承担了物质品性。古时穷书生没钱置书，常以麦冬叶儿为纸，抄录诗书经史，结之为书，勤读不辍。东汉读书人郑玄，字康成，在书院讲学著述时，也经常到书院附近的野地采集麦冬叶儿编成竹简作书、编作草绳捆书，麦冬，因此还被叫作"康成书带"。她的书香墨气，使她颇受文人青睐。唐代诗人李白的"书带留青草，琴堂幕素尘"，北宋文学家苏轼的"庭下已生书带草，使君疑是郑康成"，明代文学家王世贞的"仍栖故垒学庚桑，书带沿街薜荔墙"，都让她在文墨涵濡

之中，俊秀非常。

用麦冬加上菊花、枸杞、参须泡水喝，更是现代人常做的。任那淡白的黄、明艳的红盛开在清清的水中，看着养眼，喝着健身。因为有滋阴生津、润肺止咳、清心除烦的功效，她还被人称为"不死药"。难怪中国现存最早的药物学专著《神农本草经》将她列为上品，上品为君，主养命以应天，无毒，多服、久服不伤人，可轻身益气，不老延年。

有时，走在山路上，发现麦冬，我会弯下腰来，久久地注视她。我喜欢凝视那地上一汪汪蓬蓬勃勃的亮绿，想象土里那一丛丛清清爽爽的微黄。微风拂过，她轻轻摇曳着，竟越发楚楚有致了。

有一天，我看见一位老农，在把她从土里清出来，慢慢地用手拂净泥土，捋顺她的根，维护她的叶，轻轻地放在身边的竹篮里。那叶儿，那根儿，和谐得恰到好处，仿佛经过沸腾的清水，温凉到正好可以喝下的程度，那么解渴，那么甘甜。

我突然觉得那拥有温柔敦厚、朴素大方之美态的麦冬是多么努力而克制，她静默地坚定地向着天空，伸展着生动的翅膀。就像尘世间迎着朝阳的人，一步一步地，走在光明的路上，不管身后有多少黑暗。

而道路，越走越明。

# 金枝玉叶

JINZHI YUYE

　　这样的金枝玉叶，怎不令人迷醉？有广为人知的，于暗香盈袖之时，透出无限的清洁与纯净，以温补、理气、祛毒、消肿、降脂、安神等功效滋养着每一个人。还有鲜为人知的，有毒，却不缺灵秀；无闻，却不乏传奇。她们，也属于春天，也是大自然的恩赐。她们告诉我们，有一种爱，是遥遥相望，默默远离。

药草芬芳

# 艾 叶

最早认识艾叶，是在湘家里。湘妈妈忙着把艾叶加清水煮开，告诉我说，湘小腿上长了些风团，用艾叶泡个脚，就会好了。

我不知道湘妈妈怎么会知道这种方法的，但没过多久，湘的风团真不见了，穿着漂亮的乔其纱连衣裙，小腿皮肤光滑紧致。

多年后，我知道了，用艾叶煮水泡脚，可以祛风止痒，治疗某些皮肤病。

古人，就很讲究这艾叶的泡浴疗法。他们对于艾叶的质量，也有着精细的要求。

采艾的最佳时机是三月初三和五月初五，把艾叶采摘下来后，要暴干，选取干净的，反复捣至细软柔烂，如此，就叫熟艾了。变成熟艾后，才能够使用。尤其是把艾叶做成艾灸，更要用熟艾，才能达到舒筋活络的效果。明代医药学家李时珍在《本草纲目》中说："凡用艾叶，须用陈久者，治令细软，谓之

艾叶的采摘和使用均需讲究，"须用陈久者，治令细软"，才能达到祛风止痒、舒筋活络的效果。

熟艾。若生艾灸火，则伤人肌脉。拣取净叶，扬去尘屑，入石臼内木杵捣熟，罗去渣滓，取白者再捣，至柔烂如绵为度。"战国时期的思想家、教育家孟轲也说："七年之病，求三年之艾。"

可见，古人做事多么讲究。能够费心、费时、费力，把一件看似平凡的事耐心细心地做到极致，是一种气度。

对于泡脚的过程，古人也是讲究着的。一般取艾叶50—100克，放在铁盆里加清水煮开，再倒入木盆中。泡脚最好是用木盆，不用铁盆或铝盆，因为金属易冷，不利于温补。待水温降至40℃左右后，就可以开始泡脚了。水量至少要能浸没整个脚背，可以至脚踝以上、膝盖以下。泡脚时间以半小时左右为宜，其间，若水冷了可适当加些热水，泡至微微出汗是最好的。

泡脚的时辰，也有讲究。比如，想温补肾阳，可以选择在晚间21点左右，因为此时肾经气血比较衰弱，在此时泡脚，身体热量增加后，体内血管会扩张，有利于活血，促进体内血液循环和新陈代谢。白天紧张了一天的神经，以及劳累了一天的肾脏，都可以在这个时候得到彻底放松和充分调节。泡完后，还可适当地做儿分钟足底按摩，使脏腑器官得到进一步的抚慰。

古人还讲究花草配伍，他们会根据身体的具体情况，在艾叶水中加入其他花草儿，起到治疗的作用。例如：有风寒感冒、关节疼痛、支气管炎，可加生姜；有静脉曲张、末梢神经炎、手足麻木瘀血，可加红花；有眼红牙痛、气躁心烦、上火下寒、脚腿肿胀，可加精盐；有脚汗、脚臭、脚气、湿疹，可加花椒；等等。

放下手中的事情，享受艾叶泡脚的时光，是很舒心的。看水中的艾叶儿温柔地围绕在自己脚边，仿佛回到了远古。想那衣袂飘飘的古人，精心而沉稳地捡拾、爱惜着艾叶之类的草儿，每一分钟的流逝，便宛若成熟的稻谷儿，充满了沉甸甸的质感。他们的人生脚步放得很慢，却依然可以收获一份圆满。就如同打太极拳，那看似平缓反复的一招一式，却是可以通达于身心，圆融于气血的。

精致着，讲究着，看日子如流水般前行，懂得进与退，通晓动与静，是清醒的。而清醒，是一种智慧。

就连在端午节这个太阳的节日里，悬挂艾叶和菖蒲，来辟邪除害，古人都不会忘记讲究。那艾叶和菖蒲必定是要反复清理干净的，挂在家门时是必须拥抱缠绕在一起的。这就像传说中的梁祝故事里表达的一样啊。当时，梁山伯的墓碑被挖开，里面不仅飞出了蝴蝶，还有两块垒在一起的无字石碑，祝英台的未婚夫看到后，愤怒之至，就使人把一块石碑扔在山坡上，另一块扔进水里，想让他们永世不能见面。结果，扔在山上的石碑长出了艾叶，扔在水里的石碑长出了菖蒲，并于每年的端午节紧紧相拥。

这样的悬挂，就颇有了蕴含。菖蒲似剑，笔直地刺向天空，刚强大气，艾叶似花，温婉细软。一刚一柔，甚为和谐，方圆之间，不计得失。

什么都敌不过刚柔相济，还有那永远的情怀。

如此，拥有温和细致的绵长时光。

岁月依旧。

# 马齿苋

有些事情，总是在不经意之间忆起。

曾经和朋友一起吃饭，第一次尝到了马齿苋，味美可口。尤其是那马齿苋的模样儿，让我似曾相识。

朋友以为我被美味迷住，偏巧她是个热爱美食的人，便当即向餐馆老板询问做法。老板非常热心地介绍说，把新鲜的马齿苋洗净后放入开水中焯一下，取出后放香油加入适量切碎的红辣椒、大蒜子、生姜等，用大火爆炒片刻，放入食盐、陈醋等调料调匀，即可出锅。老板说，只要是马齿苋生长的季节，他都会每天吃点马齿苋，"可以明目提神、排毒清火呢"。他特别强调说，自己除了琢磨做菜，还爱上网熬夜，"身体却总是好得很，这是马齿苋的功劳"。我和朋友都笑了，觉得这老板真会做广告。当然，他确实精神抖擞，双目炯炯。

从餐馆出来，我仍然想着马齿苋，那样细小如齿的叶子，那样滑利似苋的叶杆，一定是在我的记忆深处的。可惜当时杂务甚多，我没有过多细想。

马齿苋，酸、寒、无毒，能清热排毒、养肝护肝、降血脂以及治痛肿、溃疡、湿癣等，又名"长命菜"。

几年过去了，一次外出吃饭，竟又到了那做清炒马齿苋的餐馆里。老板一下子认出了我，微笑着，请我入座，面色红润，神清目明。岁月，竟没有在他脸上留下痕迹。"这是马齿苋的功劳。"他一边说，一边要服务员给我来一份。还说前几天不慎扭伤了脚，将马齿苋捣碎后和着汁敷了几次，就好了。

一刹那，遥远的记忆向我伸出手来，透过繁花似锦的清纱，紧紧地握住了我的手。呵，马齿苋，那屋顶的马齿苋。

小时候，我同外婆住在一所大院里。那时，我是校舞蹈队成员。一次演出时在舞台上摔倒，将脚踝严重扭伤，红肿热痛，数日不消。外婆便说要用点嫩草儿给我敷敷。她从家里搬出一副木质楼梯，在屋檐下架好，沿着木梯颤巍巍地爬到屋顶上，取下一盆嫩草儿，从里面摘下一些茎叶。

那时，大家住的都是平房，很多人都在屋顶上放些盆子、罐子，里面种上一些花花草草。这些花草儿，有的可以观赏，有的可以食用，还有的可以疗病治伤。万紫千红之中，每一张屋顶，无论高低，都有一份牵挂；每一个日子，无论贫富，都过得生机盎然。外婆将她从屋顶上取下的嫩草儿洗净放在瓦罐里，用木杵儿捣碎，把我的小脚儿捧在手心里，她先取汁轻抹在我的脚踝上，柔柔地按摩一阵，然后把那碎着的茎叶包在纱布里，敷在我的脚踝上。敷了几次，脚上的红肿和疼痛就消失了。我又可以跳舞了。

现在我知道了，那嫩草儿，就是马齿苋。

辞别餐馆老板，回到家，我迫不及待地查找医书。书上，果然记载着马齿苋的各种功效。她酸、寒、无毒，能够清热排毒，可以清除心、肝、肺和大肠之热，她的排毒功效既走血分，又行皮肤，内外兼治，她还可以明目，降血脂，调理皮肤，治痈肿、溃疡、湿癣等。元代李仲南等医药学家撰著的《永类钤方》还特别介绍说，将马齿苋"掏敷患处"，可治"阴肿痛极"。难怪，外婆用马齿苋给我敷脚呢。

在所有的植物中，马齿苋的欧米伽 3 脂肪酸含量最高，可以与海鱼相媲美。欧米伽 3 脂肪酸是对人体非常重要的脂肪酸，它可以降低胆固醇和甘油三酯，防治心血管疾病。想来，正是因为马齿苋能养肝护肝，使脂肪得到正常的分解代谢，才能促进人体健康呢。所以，明代医药学家李时珍在《本草纲目》中特别介绍说，马齿苋又名"长命菜"。

"长命菜"，多么让人眼前一亮。

健康长寿就是"马齿苋的功劳"啊，餐馆老板的话和他那总是年轻而富有朝气的样子，真是让人信服。

合上书本，越过这座城市的上空，我看到大把往事，从四面八方纷至沓来。我看到外婆、屋顶，还有马齿苋那清洁而精巧的笑脸，盛开在那个姹紫嫣红的夏天里。我忆起马齿苋敷在脚踝上的感觉，清凉如水，似乎早已和我相知相伴，只为使我肌肤光滑如丝，身体灵动依然。

# 紫 苏

紫苏，诗意的名字，神秘的色彩，低调而圆融。仿佛暮春斜阳下飘然而立的长发女子，空着盈盈玉手，等待有心之人，柔柔来握。

那么，就让我们轻轻握住这一脉紫色的花草之手，记住她的安静和从容，一如记住她被用作蒸鱼、煮鳝、烹虾蟹、炖老鸭等时候做佐菜的模样儿，她用妙曼的身姿，辛温的性味，配合着主菜，飘出温柔清香，展示融合之美。

据说，最先发现紫苏功效的是东汉末年医药学家华佗，他是从小水獭身上琢磨出来的。

那年夏天，华佗带着徒弟在河岸上采药。忽然听见河湾里哗哗啦啦地响，河里掀起一层层波浪。华佗仔细一看，原来是一只小水獭逮住了一条大鱼。小水獭把大鱼叼到岸边，嚼食了好一阵，把大鱼连鳞带骨通通吞进肚里。一下子，它的肚皮撑得像鼓一样了。接着，小水獭就显得不安起来，它一会儿在水边爬，一会儿往岸上窜，一会儿一动不动，一会儿翻滚折腾。

看到这儿，华佗想，小水
獭一定是吃得太多，撑得
难受了。没多久，华佗看
见小水獭爬到岸的另一
边，一块长满茂盛紫色草
儿的地方。小水獭吃了些
紫色草叶儿，又爬了几
圈，就跳跳蹦蹦地回到了
河边，潜入河中，舒坦自
如地游走了。

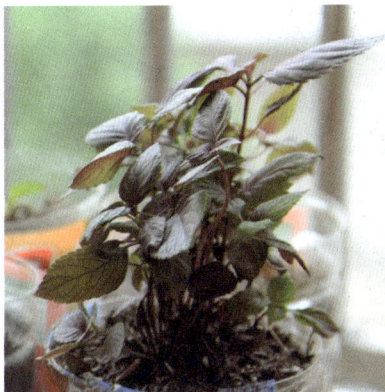

紫　苏

　　华佗明白了，是那蓬蓬勃勃的紫色草儿帮了小水獭呢。鱼
属凉性，小水獭又吃得太多，伤胃伤气，胃不和，气不顺，则
身不安。紫色草儿属温性，能行气宽中、益脾宣肺，治疗胸腹
胀满等症，故小水獭吃过之后就感觉舒服了。由于这草儿呈紫
色，吃到腹中又很舒服，华佗就给她取名"紫舒"。华佗把紫
舒加工制成丸剂、散剂，给人治病。在实践中，华佗发现紫舒
还可以治疗感冒风寒、咳嗽气喘，能解鱼蟹毒。后来，大概是
音近的缘故，人们又把"紫舒"唤作"紫苏"了。

　　这样的传说让我们看到了华佗的认真负责和细致敏锐，以
及紫苏的天然之美和天生之用。紫苏的品质，以其叶子的正
面和反面都为紫色，才是最佳。一如北宋药物学家苏颂所言：
"以背面皆紫者佳。"明代医药学家李时珍在《本草纲目》中记
载紫苏时，也特别说到紫苏的颜色，曰："其味辛，入气分；其
色紫，入血分。"故而，紫苏能够"解肌发表，散风寒，行气

紫苏的品质，以其叶子正反两面都是紫色为最佳，性温，能行气宽中、止痛安胎、解鱼蟹毒等。

宽中，消痰利肺，和血温中止痛。定喘安胎，解鱼蟹毒"，都旨在调理气血。气血和顺，对于人体是非常重要的，紫苏的安胎作用就充分体现了这一点，将紫苏与橘皮、砂仁一同煎煮，可治妊娠呕吐、胎动不安。

平和与沉着，是紫苏的性情。经过烹、煮、炒、煎，紫苏都紫色不改。即便是枯萎了，也仍然是那令人过目不忘的紫色。紫苏的茎和叶结合得比较紧密，若是用火花轻轻煨一下紫苏的根部，再将她阴干，那紫色的叶子更是难以落下了，因此，紫苏的保存期相对较长。李时珍在《本草纲目》中就说过："五六月连根采收，以火煨其根，阴干则经久叶不落。"

因为有着这般令人心怡的颜色，紫苏的汁液就成了天然的色素原料。将紫苏洗净榨汁，滴入面食之中，可做成紫色馒头、紫色面包、紫色饺子等风格各异的糕点。将这样的紫色糕点摆上桌，实在是看着美、吃着香，真正绿色、安全而环保的食品啊。

将紫苏叶洗净，加入适量白砂糖或蜂蜜，煮成茶水喝，也是能够理气润心肺的。据《本草纲目》记载，皇帝宋仁宗曾命翰林院评定汤饮，结果是紫苏熟水第一。熟水，饮品也。也就是说，紫苏茶在宋代的饮品中曾获最高殊荣。当然，凡事不可过分，过量饮用，多致滑泄，滑泄又称滑精，指夜间无梦而遗，甚至清醒时精液自动滑出的病症，滑精是遗精的一种，是遗精发展到了较重的阶段。尤其是脾胃寒人，更要注意。宋代药物学家寇宗奭就说过："今人朝暮饮紫苏汤，甚无益。医家谓芳草致豪贵之疾者，此有一焉。若脾胃寒人，多致滑泄，往往不觉。"因此，适量喝一喝紫苏茶，辅以健脾暖胃之类温补的小点心，才是甚好。

看那紫苏，真像现代诗人徐志摩的那句诗"最是那一低头的温柔"，温婉如水。有时，摘把紫苏，不为食用，只是放在厨房中，那淡淡的香，也会在厨房里飘起来。温润的时光，便在这若有若无的淡香之中，缓缓晕散开来。

# 紫贝菜

紫贝菜，虽然越来越被人熟知。但我与她的亲密接触却源于偶然。

那天，和几位朋友外出游玩。阳光正好，气氛正好。几个人慢游细逛，说古道今，畅快的笑声，让原本不起眼的周边景色变得非常耐看起来。一下子，就到了中午。一行人决定就近解决午餐。来时一个朋友曾提议，要到一个好风好水的饭店用餐。另一个朋友马上落实了。我们真到了这样一个饭店。

这饭店其实也是民居，临水而建，四面环山。凭栏远眺，看那一面闪着粼粼波光的江水，不由得心生不尽长江滚滚来的感慨。感慨脱口而出之时，风儿也恰如其分地拂面而来。那满眼满心，竟是越发舒爽了。

紫贝菜，也在这时，随着朋友点上的一道道菜闪亮登场了。

说她闪亮，还真不算夸张。她那正面是青色、背面是紫色的叶儿，加上青紫杂陈的茎儿，经过菜油小炒后，也没有变

紫贝菜，菊科类植物，因其背面呈紫色，又名紫背菜，可以炒食、开汤、泡茶，保健作用好。

色，反而在菜油的包裹和衬托下，显出一份独特的光，于不经意中吸人眼球。青色和紫色拥在一起，既相互交融，又各自独立。就好像最恰当的友情，既能融合相知，又有各自独处的空间，恰到好处，细水长流。

　　店主见我们感兴趣，也不失时机地表达着对紫贝菜的赞美，说她能降血脂、降血压、抗衰老、增强免疫力。健谈的她还说紫贝菜与老子有关。传说老子过函谷关之前的一个清晨，函谷关善观天象的关令尹喜突然看到东方紫气氤氲，预感将有圣人过关，便早早出关迎候。不多时果然见一位长须如雪、道骨仙风的老者，骑着青牛悠悠而来，这老者即是老子。而关令尹喜迎接老子的那片土地上，就蓬勃生长着紫贝菜。所以，紫贝菜和紫气一样，比喻吉祥的征兆。

成语"紫气东来"确实出自这个典故，即汉朝人刘向在《列仙传》中写的一段话："老子西游，关令尹喜望见有紫气浮关，而老子果乘青牛而过也。"

不过，那典故里是否真有紫贝菜就不得而知了。只是，有没有都不重要了，重要的是我爱上了紫贝菜。好运，会随着紫贝菜而来的。紫贝菜又名紫背菜，因其背面呈紫色。当然，用紫贝菜更有美感，贝是有介壳软体动物的总称，也引申为"一面"之意，紫贝菜即有紫色一面呢。在紫贝菜的滑爽可口中，一行人品着，说着，笑着，三个小时就过去了。

临走时，店主又邀请我们去她的菜园。菜园就在饭店的旁边，有丝瓜、辣椒，还有一大片紫贝菜，低调又昂首地立在土地中。店主告诉我，紫贝菜很好养活，不要根种，随意摘下茎上的一支嫩梢，插入泥土中就可以活。这让我更来了兴致，我仔细抚摸着紫贝菜的叶和茎，这有着菊科类植物之特殊清香的草儿，当然是要带回家种种的。

朋友们都支持我种花养草，我也不禁豪情满怀，说待到把紫贝菜种好，就经常送给大家吃，助大家养生。性味甘辛偏凉的紫贝菜对老人、孩子和妇女的保健作用都比较好。紫色的食物，原本就有清热排毒、补血益气的共性，例如紫苏、紫薯等。人邪毒不侵，气血充盈了，便宛若一棵树，枝条向上伸展，吸收更多的阳光雨露，根须向下延伸，吸收更多的水分营养，从而具木气之性，有展放畅达之态。

可是，我回家后及时插入花盆的紫贝菜，却在第二天显出了枯萎之态。朋友问及，我如实相告。朋友开始笑我天真了，说没有根哪能种得活呀。但是，我不甘心，我不愿把她从泥土中拉出来，我依然按时喂她喝水，依然把她放在阳光中。我想，也许是旅途颠簸，让她受累了，休息一下，她会恢复的。

努力和执着是对的。只要心存美好善良的愿望，就一定会实现。几天后，显出枯萎之态的紫贝菜终于恢复了精神，抖擞起来了。

我很高兴，告诉了朋友，大家又谈起了那个传说。当年，关令尹喜把老子留下来，请他作篇文章再走，老子就写了一篇专门讲"道"和"德"的文章，约五千字左右，后来人们把这篇文章印成书，书名叫《老子》，又叫《道德经》。老子写完文章后，骑着青牛、沿着长有紫贝菜的道路，继续向西走，不知道到哪里去了。

说话间，紫贝菜的味道，像一盆刚刚蒸好的大米饭，以飘逸的香气向我袭来。我的眼前，出现了一片开阔的土地，一批又一批的紫贝菜正欢乐成长着。这半野生的蔬菜儿，正以朴实的身姿，摇曳着幸运的光华。

# 鱼腥草

鱼腥草，已经越来越多地上餐桌了。当她浓浓的鱼腥香味扑面而来，我仿佛看到年幼的李兵，扬着一张饱满的大脸，从记忆深处，向我走来。

大脸庞李兵是我的小学同学，他常爱在课桌之间走来走去，走动时，他脸上的肉会有些许微微的颤动。同学们都适应了他的大脸，所以，当有一天他的脸比平常还要大一些的时候，大家也没觉得奇怪。但是老师很快把他喊出了教室，说，你得了腮腺炎了，快回家休息吧，不要传染给其他同学了。

可是，李兵已经在教室里来回走过多次，接触过不少同学了，要不传染给同学，是不可能的了。没多久，有些同学都像李兵一样，有了一张胖胖的脸。我的腮腺也肿了起来，加入了胖脸儿的行列。

现在想来，那可爱的粉粉嫩嫩的孩儿脸，突然像发面馒头似的，全都白胖成一个模样儿，也真是一道生动有趣的风景呢，好似动画片里憨态可掬的小精灵。只是，大人们却很

着急，急着让胖脸儿恢复
原状。

外婆找来了一些新
鲜的草儿，鱼腥味儿扑
鼻，"这是蕺菜，又叫鱼
腥草"。外婆微笑着，细
细地将鱼腥草清洗干净，
放进瓦罐中捣碎，再用清
洁棉布蘸着鱼腥草汁，轻

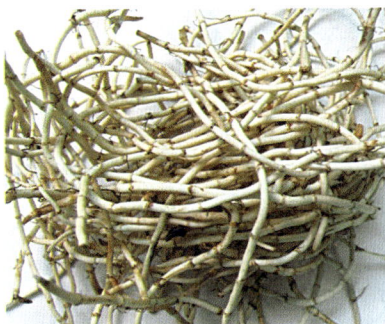

鱼腥草，又名蕺菜，有鱼腥味儿，
能清热解毒、消痈排脓、利尿通淋等。

轻涂抹在我的腮腺上，反复数次。等到被捣碎的鱼腥草微干之
后，外婆就把她们包在纱布里，敷在我的腮腺上，再盖上一层
纱布，用胶带固定。

外婆还把鱼腥草分给其他患有腮腺炎的同学，并告知家长
具体用法。李兵的妈妈接过鱼腥草时，有些不好意思，说，李
兵是个传染源。

那时候的日子，真是单纯而美好。小孩儿病了，也很少去
医院的，大人们都像神仙，用妙手儿抓上几把草儿花儿，敷一
敷，吃一吃，病就好了。

当然，治疗流行性腮腺炎，只是鱼腥草的临床功用之一。
她还常用于治疗肺脓疡、肺炎、急慢性支气管炎、尿路感染、
子宫内膜炎、化脓性中耳炎等症，更是治疗肺痈（肺脓疡）的
要药。明代医家缪希雍（仲淳）撰写的《神农本草经疏》中，
就有鱼腥草为"治痰热壅肺发为肺痈吐脓血之要药"的记载。
据传，金代医药学家刘完素某日带弟子上山采药，遭遇狂风骤

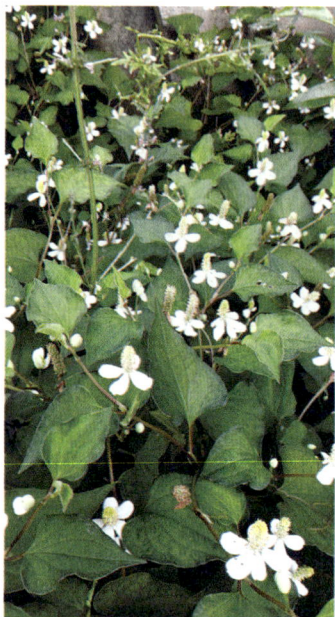

鱼腥草

雨，回府后不幸暴病，高热寒战，咳嗽不止，痰液浓稠，服用苇茎汤、桔梗汤均不能奏效。恰逢另一医药学家张元素采药路过此地，听说刘完素病了，张元素便入刘府探望。了解病情后，他拿出刚采摘的新鲜鱼腥草，教弟子煎好给刘完素服用。刘完素连服三日，便热退痰消咳止。

可见，鱼腥草能清热解毒、消痈排脓、利尿通淋。她的功效，也与性味有关，她气味辛香，微寒，而寒能泄降，辛以散结，所以，抗菌、抗炎、抗病毒作用才如此显著。

据说，刘完素在后来的行医生涯中，也常常使用鱼腥草，屡见奇效。

而李兵自从做过传染源后，也对鱼腥草情有独钟。

长大后的李兵，脸庞依然大大的。他喜欢召集同学聚会，参加聚会的同学中，有一部分是被他传染过腮腺炎的。他告诉大家，他喜欢吃点鱼腥草。有时，他把新鲜鱼腥草放在清水里煮熟后捞出，拌上剁碎的红辣椒和切成细末的生姜、大蒜、香菜，撒上精盐，淋上适量麻油、食醋，当作菜来吃。有时，他把鱼腥草晒干，有空时就取出一点来泡开水喝。他说，自己是个老烟民了，又总戒不了，就吃点鱼腥草这种比较适合烟民的食物吧，她能清肺热、解烟毒。

酒酣之时，李兵还别出心裁地挥毫写下四字：腥腥（惺惺）相惜。

现在，当我看到我的学生的脸突然胖起来时，我就想到了鱼腥草。有些学生紧张地远远观望，生怕被传染，还很关心地对我说，老师，隔他们远点，腮腺炎会传染呢。

我告诉他们，老师一点都不怕呢，老师小时候得过腮腺炎了，有了终身免疫，不会再被传染了。

不会被传染疾病了，真是一件幸运有趣的事情。

更何况，还有鱼腥草呢。

鱼腥草，就是童年的记忆啊，谁不想，在频频回首之际，看她如花似玉的笑脸，把她深深珍藏于心？

# 石 斛

　　见到石斛，是在一间实验室里，一位热爱花草的实验师，正在进行细胞培养，把一丛丛已长成幼苗的她，从一批玻璃器皿中移植到另外一批玻璃器皿里。

　　实验师絮絮地对我说，他移植的是铁皮石斛。石斛属气生兰科草本植物，可分为金钗、黄草、马鞭等数十种，铁皮石斛为石斛中的极品，因表皮呈铁绿色而得名。移植的目的是为了给铁皮石斛补充营养，促进其生长发育。等她再长大些，就要移植到适合她成长的生态环境良好的地方去。那时，她就是真正地成熟了。

　　我饶有兴趣地看着实验师的移植工作。他戴着乳白色塑胶手套，用镊子小心地夹起石斛全株，从一个玻璃瓶中取出，放进另一个玻璃瓶的黄白色的培养基中。那亮绿色的嫩叶嫩茎和浅黄色的细根细须，在缓缓的移动中，闪着温和的光。繁茂的根须托着呈竹节状的茎枝和小圆形的叶儿，立在培养基中，就像一个小型盆景，定格成一幅写意的图画。

　　实验师说，石
斛要真正长成，很
不容易，她对温
度、湿度、光照、
气候等生长环境的
要求近乎苛刻，海
拔 500 至 1000 米、
温度 9 至 12℃、年
降雨量为 1100 至
1500 毫米的无霜

石　斛

多雾的常绿阔叶林中及石灰岩上，以及人迹罕至的深山老林和
连鸟兽也难以涉足的悬崖峭壁上的阴面崖缝间，才是她理想的
生长之地。若不是人工培植，石斛要通过风及虫传播繁殖，每
年植株只分枝一次，自身繁殖能力低，从种子萌发到进入成熟
的采收阶段至少需 2 至 3 年时间。由于特殊生长条件、自身繁
殖极为困难以及人们的过度采挖等原因，目前铁皮石斛的野生
资源已日趋减少，被列为国家二级保护植物。

　　"可金贵着呢。"实验师反复强调。

　　难怪石斛被中国历代医家陆续汇集而成的医药学著作《名
医别录》列为上品，上品为君，主养命以应天，无毒，多服、
久服不伤人，可轻身益气，不老延年。她气味甘平，可以滋阴
养血、补肾积精、补脾益胃、护肝利胆、强筋壮骨、防治肿瘤
等。想那石斛，在那样的生长环境中，常年饱受云、雾、雨、
露的滋润，得天地之灵气，吸日月之精华，生物习性早就高出

石斛，有"救命仙草""药中黄金"之美誉。其中，铁皮石斛为石斛中的极品，因表皮呈铁绿色而得名。

常物，功效当然卓越。

因为石斛的奇特功效，中国历代王公贵族都将其视为治病仙药、长寿良方。特别是铁皮石斛，她有"救命仙草""药中黄金"的美誉。将新鲜的铁皮石斛原汁喂入身体极度虚弱的危重病人口中，可使病人慢慢复苏。相传，秦始皇当年派人至蓬莱岛求长生不老药，主要就是寻找铁皮石斛。唐宋以来的历代皇帝把铁皮石斛列为贡品，唐朝开元年间的道家经典《道藏》把铁皮石斛列为"中华九大仙草之首"。明清时期一些达官贵人服用的"长生丹"，其主要成分也是铁皮石斛。20世纪30年代，铁皮石斛这一被历代皇室贵族巨贾阶层独占使用的千年仙草，开始风靡上海滩，成为争相传诵和祈求之物，许多富贵人家把她作为养生极品高价收购。

实验师还告诉我，民间传说里，石斛、山参、首乌都恒久弥贵，经过千年都能成精，还能化成人形，谁要是能够碰上就是福气，要是能够食用，就必定延年益寿、长生不老。一些老字号的名牌药店，都爱在橱窗中放上一棵数百年的老山参、一棵硕大的何首乌，以及用铁皮石斛卷成的铁皮枫斗，体现药店的大牌、长久、古朴和品位。铁皮枫斗是取铁皮石斛的茎加工炮制，边烤制边扭搓成螺旋形、弹簧状或紧密、疏松的团状而成的。20 世纪 50 年代，中国的铁皮枫斗曾大量出口，价格为每公斤 1300 美元左右。

真的是"价值千金的草"呀。"现在就更是价值连城了。"实验师感叹说。

我不禁想起了一句古谚：铁皮石斛何处有？深山长寿村里求。美好的东西就是难以寻觅的，也配得上价值连城。石斛，这经历千年沧桑的草儿，早已穿越滚滚红尘，在自己的高深之地，兀自昂扬。

# 蒝荽

对于蒝荽，我是喜欢的。

喜欢看。那模样儿，全都透着嫩。叶儿，是嫩绿清秀的；茎儿，嫩白中透着淡淡的青；根儿，是嫩黄淡白的。用手指轻轻地掐一掐茎儿或根儿，还会有星星点点的汁液儿溢出来，也是清嫩透明的。

喜欢吃。蒝荽可作主要蔬菜，也可作煮鱼蟹和炒鸡鸭的佐料，她有一种特殊的香味儿，入口时始觉唇齿留香，咽下后方觉心中通透舒服。若在蒝荽中拌入红红的剁辣椒、白白的大蒜泥、黄黄的生姜末，那蒝荽的味道更是好得不得了，是百分之百的色香味俱全。

喜欢用。当小伙伴们长痘痘留下痘印或痘疮出不爽快时，我就为他们准备好几棵全株蒝荽，茎叶连着根须，洗净，放入清水中煮沸，熬成清汤，然后把汤分成两份，一份让她们喝下，菜也一并吃下；另一份稍凉后，涂洗有痘印或痘疮之处。如此几次，痘印就慢慢消了，痘疮也能很快发出并痊愈。

蒝荽是由汉代使者张骞出使西域带回中国的本草，她辛温香窜、内通心脾、外达四肢，能辟一切不正之气。

    这由汉代外交家、旅行家、探险家张骞出使西域带回来的本草儿，"其茎柔叶细而根多须，绥绥然也"，原名胡荽。至少在南北朝时，她就已经得到了广泛种植，北朝北魏时期农学家贾思勰所著的中国现存最早的一部完整的综合性农学著作、世界农学史上最早的专著之一《齐民要术》中，已经颇为详尽地记载了种植蒝荽以及制作腌蒝荽的方法。又因为有特殊的香气，胡荽还被称为"香荽""香菜"。东汉经学家、文字学家许慎在中国语言学史上第一部分析字形、说解字义、辨识声读的字典《说文解字》中说"荽"可以"香口也"。后来，胡荽被俗称为蒝荽，蒝乃茎叶布散之貌。现在很多人把"蒝"改为"芫"，叫作芫荽，明代医药学家李时珍认为这是有误的，他特别强调说，"俗作芫花之芫，非也"。

    蒝荽辛温香窜，内通心脾，外达四肢，能辟一切不正之气，被道家列为"五荤"之一，道家以韭、薤、蒜、芸薹、胡

蒝荽

蒝为五荤，"五荤即五辛，谓其辛臭昏神伐性也"，一般指宗教信仰者忌讳食用的五种气味浓烈的蔬菜。而在实际生活中，蒝荽被当作驱邪消毒的法宝，例如，可将蒝荽挂在床帐的上下左右，以御汗气、狐臭、天癸、淫佚之气；还可将香菜和酒煮开，洒在受惊吓的小孩身上，小孩便无大碍了。

蒝荽之所以有特殊香气，主要是因为含有挥发油和挥发性香味物质。这样的香气，很好地保护了蒝荽，使得她极少遭遇虫害，对于她，一般不需要喷洒农药，因此蒝荽相当于有机食品，非常适合生食或直接泡茶饮用，成为帮助改善代谢、利于减肥美容的重要物品。而且蒝荽又富含丰富的营养素，和营养素含量高的番茄相比，蒝荽的维生素 C 含量为番茄的 2.5 倍、胡萝卜素含量为番茄的 2.1 倍、维生素 E 含量为番茄的 1.4 倍等，矿物质含量更远胜于番茄，如铁为番茄的 7.3 倍，锌和硒为番茄的 3.5 倍等，这些，让蒝荽的价值更大了。

当然，对于蒝荽的气味儿，是仁者见仁，智者见智。这反而使得蒝荽进入了一个好境界，集仁者智者的感觉于一身，蒝荽更加丰美而纯熟了。

有空的时候，真是可以放一把蒝荽在厨房中的。那样，不但会让空气洁净清新，还会让眼里，心里，慢慢开出一朵清新的花儿；口中，鼻中，也会布满如花儿般的芬芳。

# 钩 吻

在中国历史上，无论是"赐自尽"还是"毒杀"，从来就不缺和毒药有关的传说，再加上武侠小说或影视作品的渲染，生活中仿佛剧毒横行，只要把那无色无味的毒药朝别人水杯中轻轻一弹，一切轻松搞定。

断肠草，就是在毒药榜上名列前茅的，因"入人畜腹内，即粘肠上，半日则黑烂"而得名，她又叫烂肠草，还因"蔓生，叶圆而光"被叫作胡蔓草。她的学名为钩吻，取"入口则钩人喉吻"之意，另一说是"吻当作挽字，牵挽人肠而绝之也"。钩吻的主要毒性成分为多种生物碱，全株植物都有毒，特别是春夏时期的嫩苗、嫩芽、嫩叶，毒性更大，人只需吃几片就足以致死。她所含的钩吻素会抑制中毒者的神经中枢，令中毒者四肢无力、语言含糊、视野重影、上吐下泻、腹疼难忍等，最终在4至7小时后死于呼吸麻痹。最令人心惊肉跳的是，在整个过程中，中毒者的意识始终是清醒的，甚至在呼吸停止后，心跳都还能持续一小段时间。

钩吻，取"入口则钩人喉吻"之意，又名断肠草，"入人畜腹内，即粘肠上，半日则黑烂"，有大毒。

据传远古时期那走遍山林荒野、尝百草试疗效的神农氏，就是这样亲眼目睹自己走向生命终结的。传说他长着透明可见的肠胃，吃下的食物在胃里每每清晰能见，当他试吃钩吻后，毒性猛然发作，完全来不及吃下他常备在身边的解毒叶子了，只能目睹自己的肠子粘连发黑，变成一段段，生命消逝。战国末期思想家、哲学家和散文家韩非因受同窗李斯的嫉妒而被设计身亡时，被迫服用的也是钩吻。"李斯使人遗非药，使自杀。"据说韩非逝状极惨。

所以，钩吻的毒性的确是非常可怕的。古代医药学著作把药物分为上品、中品和下品，只有被列为上品的才可以养生，中品要斟酌其宜，下品多毒，治重病才适量使用。钩吻是被列为下品的。

更可怕的是，钩吻居然长相艳丽，黄花，绿叶，小果，长藤，摇曳在春天，极具迷惑性。但是，在户外踏青时，万一看见她，一定不要靠近她，她的花粉都带毒性。清代医药学家赵学敏在《本草纲目拾遗》中说："胡蔓藤合香，焚之，令人昏迷。"一些医药类单位的药园里，因为工作需要得种植钩吻时，参与种植的工作人员都会穿戴好防护用品，且一定会把钩吻单独种在一块地方，再用铁栏框住，并特别注明剧毒标识和文字。

好在，钩吻还有一丝残存的温柔，她善待猪羊。猪羊吃了她会增肥长壮，她还可治猪热病，使猪的毛色更具光泽。对此，三国时期医药学家吴普在《吴普本草》中说得精辟："人误食其叶者致死，而羊食其苗则大肥，物有相伏如此。"

这一点，还是让生命获得了些许安慰。不过，人，还是珍爱生命，远离断肠草吧。

# 毒 芹

这是一种跟生长在沟渠边的水芹非常相像的草儿，但她却不像水芹那样能够入菜，相反还有着剧毒。

她叫野芹菜，又名毒芹、毒人参。这两个名字一说出来，就仿佛感到一股令人不寒而栗的气息，呼啸而来。

据记载，古希腊著名的思想家、哲学家、教育家苏格拉底就是被野芹菜夺去生命的。当时，他被雅典法庭以"侮辱雅典神和腐蚀雅典青年思想"的罪名判处死刑，本来有机会逃跑的他选择服毒自杀，来维护法庭的权威。他在阐述真理之后，服用了一碗野芹菜汁，从容逝去。作家、学者林语堂在《论解嘲》中提到苏格拉底时说，这样的伟人之所以伟大，是他们纵然到了危难之境，依然有着不同凡人的度量。

伟人的度量，让人们记住了野芹菜。而 20 世纪 60 年代某个夏天发生的凡人故事，也会强化大家的记忆。那天，某女知青入乡间茅厕，还未解决问题，便迅速提着裤子尖叫着跑了出来。原来，茅厕内蝇蛆如麻，蠕动交错，女知青一进去，各种蝇蛆就瞬间爬满了她的脚面。知青点的连长得知后，迅速差人采集野芹菜，扔入厕坑。不到两小时，蝇蛆们便横尸茅厕了。

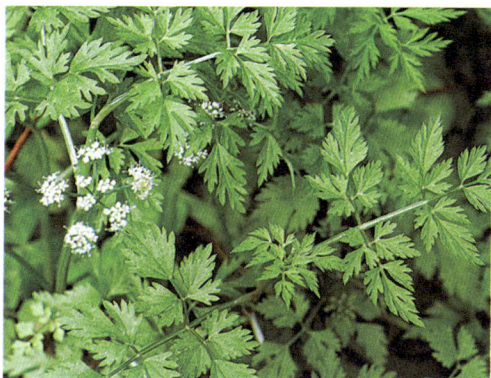

野芹菜的剧毒由此可见一斑，她是禁止内服的。她的毒性成分毒芹素是一种中性的树脂样物

毒芹，又叫野芹菜，跟生长在沟渠边的水芹非常相像，有大毒，禁止内服。

质，易溶于醇及碱性溶液中，主要含于根中，其他部分亦有。毒芹素容易吸收，人食之数分钟即中毒，主要毒性发作表现在中枢神经系统方面，它有非常显著的致痉挛作用，会导致头晕、恶心、呕吐、皮肤发红、面色发青、手脚发冷，最后出现麻痹现象，呼吸衰竭而死。

日常生活中，野芹菜的危害还在于她的外形与水芹十分相似，都是伞形科植物，都生长在沟渠边，一不留神就容易弄错。当年，唐代诗人杜甫困守在四川成都郊外的草堂时，因为生活异常艰辛，往往是"残杯与冷炙，到处潜悲辛"，故而常食各种野菜。一天，他采了很多野芹菜，误以为是水芹，正准备食用时，恰逢一位老者路过，善于辨认的老者及时制止了他，他才幸免于难。现代社会里，误把野芹菜当作水芹食用的事也是屡见不鲜的。

实际上，野芹菜和水芹的区分也不难，用两招即可。一是看一看，野芹菜的茎上是毛茸茸的，而水芹没有毛；野芹菜的叶子宽、短，更像家芹，而水芹的叶子和茎都是细长的。二是闻一闻，野芹菜有一股臭味，而水芹没有。

当年，杜甫在那位老者的指导和帮助下，完全认得水芹了，就常常"采以济饥，其利不小"，他还作诗"饭煮青泥坊底芹""香芹碧涧羹"等，来赞美水芹。

所以，春天里，在品尝美味的水芹时，千万要注意分辨，不要误食了毒芹。

# 商 陆

胭脂草，又叫商陆，两个听起来很不搭界的名字。

胭脂草这个称呼，多美呀。她那深紫色或黑色扁圆形的浆果，一串串结在全株顶端，宛若微缩的葡萄。成熟时果汁呈深红紫色，民间常用之当作胭脂涂抹在女孩子的面颊。想那阳春三月，女孩儿面含胭脂，真是人面桃花相映红。还有什么，比女孩儿的脸蛋儿更好看呢？

而商陆这个名字一出现，这种常常野生于山脚、林间、路旁及房前屋后的草儿，便在春天里扑满了我们的眼。商陆之名的由来，基本上是以讹传讹的结果。明代医药学家李时珍说："此物能逐荡水气，故曰蓬荛。讹为商陆，又讹为当陆，北音讹为章柳。或云枝枝相值，叶叶相当，故曰当陆。或云多当陆路而生也。"

其实，商陆对于女子而言，并不相宜。她起源于《诗经》的唱叹，常用来表达悲愤的情感。"我行其野，言采其蓫。婚姻之故，言就尔宿。尔不我畜，言归思复。"大意是一位遭丈

商陆，又叫胭脂草，有毒，根的毒性最大，根还因为呈纺锤形、和人参有点形似而易被人误用或冒用。

夫无情对待的女子，暗暗下定决心，既然你不好好待我，那我就再也不回来了。其中，"蓫"就是商陆，即逐，被迫离开，这也与商陆"逐荡水气"可治疗、驱除水肿之意相合。

或许因为在冷酷无情的氛围中出现过，商陆还真是有毒，根的毒性最大。她的根有紫红色、白色、黄色几种，其中紫红色和黄色最有毒。商陆的根还因为呈纺锤形、和人参有点形似而被人误用或冒用。实际上两者区别较大，人参的横截面上没圈印，而商陆有一个一个的圈印。商陆的果实也有毒，哪怕只是把果实的汁当胭脂来使用，也是不好的，因为皮肤也会吸收毒分。而妇人怀了孕，就更不能服用商陆了，服用了会有流产的危险。

商陆的中毒反应一般在20分钟至3小时左右出现，人先是会有体温升高、心动过速、呼吸频数、恶心呕吐、腹痛腹泻等症状，继而眩晕头痛、胡说躁动、神志恍惚，甚至抽搐、昏迷。若抢救及时，从昏迷到清醒短则11小时，长则31小时。如果是大剂量服用，那就会因为中枢神经麻痹、呼吸运动障碍、血压下降、心肌麻痹而亡。

也许就是因为有毒，古代有些地方还专门在除夕夜点燃

商陆，以商陆火辞旧迎新。唐代医
药学家苏恭（原名苏敬）主持编撰
的《新修本草》（又名《唐本草》），
这世界上第一部由国家正式颁布的
药典中，就用"白者入药用，赤者
见鬼神"的记载来指这一习俗。"商
陆火添红，屠苏酒浮碧"这样的句
子，也让我们看到古人在除夕夜喝
屠苏酒、烧商陆根的场景。

　　只是，有毒的商陆被描绘出
来，和胭脂草的名字一样，美得很
有范儿，"茎干朱红，柔枝婆娑，
叶如琵琶，浅绿秀气，花序如穗，
朵开素雅，浆果成串，晶莹墨紫，
根如人形"。

　　所以，商陆，是不容易被遗
忘的。

商　陆

# 绿野仙踪

LÜYE XIANZONG

　　到哪里去寻觅你的踪迹，这始终飘着袅袅仙气的纯实厚重的根茎？你以独特的、灵动的个性，挥洒着能通能补、调理收敛、消炎抗菌、强志倍力、抵御邪毒、抵抗衰老等功效。这一眼可以望到底的简单，才是灵魂的高度啊。我们，也在对绿野仙踪的仰慕之中，得到了长久的聪颖之气。

——
药草芬芳
——

# 黄　连

提到黄连，"苦"字，会马上从心里跳出来。

黄连实在是太苦了呀。任何一本医书，都告诉我们，黄连气味苦寒。有人甚至还会觉得黄连有毒，因为那么苦啊，苦的东西总会有毒吧。但是，黄连是无毒的，还被中国现存最早的药物学专著《神农本草经》列为上品。上品为君，主养命以应天，无毒，多服、久服不伤人，可轻身益气，不老延年。

能够贵为上品，必有可贵之处。这就像一位真正的谦谦君子，不会口蜜腹剑，言行表达严肃简单，甚至刻板乏味，表面上看似难以接受，似乎含有深深的苦味；但他的内心，必定是光明、坦荡、温暖、自然的，透出的是微微的甜，讲究的是真心真意。

黄连也真是主心的，很多医家都有这样的表述。金代医药学家张元素说她："治郁热在中，烦躁恶心，兀兀欲吐，心下痞满。"元代医药学家王好古说她："主心病逆而盛，心积伏梁。"明代医药学家李时珍说她："去心窍恶血，解服药过剂烦

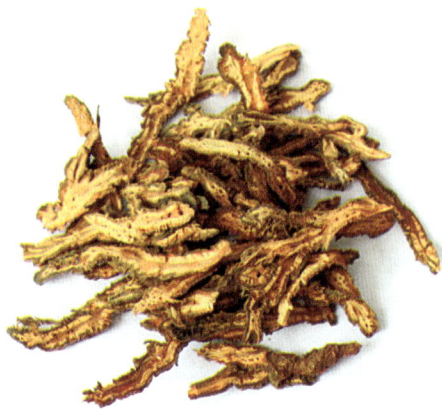

黄　连

闷及巴豆、轻粉毒。"

既能清心泻火，又能补心益气，这一清一补两大截然相反的功效，就是这样被黄连简单和谐地融为了一体。从五行学说来看，五行是木火土金水，对应的五脏是肝心脾肺肾，对应的五味是酸苦甘辛咸。《素问·宣明五气》说："酸入肝，辛入肺，苦入心，咸入肾，甘入脾。"心在五行中属火，心之味属苦，按常理来说，苦味属火，其性皆热。而黄连的美妙就在于她的性味既苦又寒，以至苦加上至寒的性味，反而得到了火的味和水的性，可以除去水火相乱即湿热之类的疾病，她以苦燥湿，以寒除热，泻邪火，守真火，用一片苦心，换来我们身心的明净与融和。

所以，清代医药学家徐灵胎这样说："凡药能去湿者，必增热，能除热者，必不能去湿。惟黄连能以苦燥湿，以寒除热，一举两得，莫神于此。心属火，寒胜火，则黄连宜为泻心之药，而反能补心，何也？盖苦为火之正味，乃以味补之也。若心家有邪火，则此亦能泻之，而真火反得守，是泻之即所以补之也。苦之极者，其性反寒，即《内经》亢害承制之义。所谓火盛之极，反兼水化也。"

黄连就是这样，以一种纯粹简单的苦，获得了平衡、平静的状态。

简单的，才是最美的。

连黄连之所以名为黄连，也来源于一个简单的传说：一位名叫黄连的年轻人，在一位医术高明的医生家里帮忙照顾药园。一次，医生外出给别人治病，医生的女儿突发满身燥热、上吐下泻等症状，女孩儿的母亲请其他医生为女孩儿治疗，均没有效果。母亲急得直掉眼泪。黄连也很着急，他想起女孩儿从山上采来的黄色花草儿，当时觉得好看就随意种在药园里了，有一次自己咽喉肿痛时，无意之中嚼食了那草叶儿，吃下虽然极苦，但一个时辰后，咽喉的肿痛就减轻了，又嚼了几片叶子，当天咽喉就恢复了正常。那现在是不是也可以用这黄色花草儿来治疗女孩儿的疾病呢？黄连觉得可以一试。在征得女孩儿母亲的同意后，黄连连根带叶扯了一株那黄色花草儿，煎水给女孩儿喝下。女孩儿早上喝的，下午就感觉好多了，再喝了两次，病居然全好了。医生回到家，得知经过，非常感动，他对黄连说："女儿害的是肠胃湿热，一定要清热燥湿的药才医得好。这黄色花草儿，看来是有清热燥湿的功效呀！"为了感谢黄连，医生就给这黄色花草儿取名为

黄连，味苦、主心，既能清心泻火，又能补心益气，一清一补，被她简单和谐地融为一体。

黄连。

李时珍在《本草纲目》中说到黄连的命名，就更简单了："其根连珠而色黄，故名。"

就是这一眼可以望到底的简单，才是灵魂的高度。

因此，有些医生使用黄连的方法很简单。我的一位医生朋友，他患口腔溃疡时，就直接将已经加工成中药材的黄连切下一点儿，磨成粉末，撒在溃疡面上。他还笑呵呵地说，这样疗效很快，不要怕苦，没有苦哪来的甜呢。

是的，不要怕苦，没有苦哪来的甜呢，真是一语说透人生啊。黄连那深深的苦里，透着的，其实是微微的甜。那甜，单纯，长久，宽厚，温暖着芸芸众生。

# 天 麻

天麻，真是很有仙人特质。

她有很多名字，每个名字都体现了这种特质。

传说她是从天上降下来的，能够解除麻痹，平肝息风，治疗头痛眩晕、肢体麻木、癫痫抽搐、神经衰弱、风寒湿痹等症。她便被唤为天麻。

她的形状像仙人的脚，是治风之神药，疾速的疗效，一下子就把疾病赶跑了。她又被唤为仙人脚。

天麻这种兰科植物的肥厚、呈半透明状的干燥块茎，喜爱生长在背阴的陈旧落叶当中。虽然她没有飘飘的裙裾，却有着飘飘仙风，来无影、去无踪。据说当年炎帝尝百草以疗民疾，已经采尝过九百九十九种草药了，却唯独采尝不到天麻。常常是炎帝一来，天麻就溜之大吉，跑得无影无踪了，炎帝总是追赶不上她。

越是仙踪难觅，越是令人神往、叫人惦记。有一年立冬后，炎帝在太白山上采药，又挖到了天麻，炎帝又想把这既

天　麻

无茎叶、又没须根，只有一个光秃秃的块茎的东西装入药袋带回家细细品尝，以了解它的品性、明白它的疗效。可是，又和往常一样，他刚一伸手去拾天麻，天麻就又一下子跑得不见了。炎帝又气又恼，他觉得这次一定要找到天麻。他背着装有草药的近百斤重的袋子，拿着自己削制的挖药木箭，把整个太白山的大小山峰都挖了个遍，终于在孤峰独立、势若天柱的"分天岭"上找到了它。这次，天麻刚刚露头，还没来得及逃跑，炎帝眼尖手快，用他的挖药木箭"噌"地一下子扎在天麻头上，天麻终于跑不掉了。

就是这一箭，使得天麻又得到了一个名字：赤箭。

当时，经过那番较量，炎帝实在太累了，便倒在一块石头上睡着了。一觉醒来，天色已黑，他赶忙收拾东西，准备下山回家。可是，他再去拔天麻身上的木箭时，却怎么也拔不下来了，木箭和天麻竟长在了一起，成为天麻的茎秆了。从此，天麻那肉质肥厚的根块上长出了茎秆。天麻的茎秆是炎帝的木箭变的，炎帝又叫"赤帝"，所以人们又把天麻叫作"赤箭"。

赤箭这个名字，也是很有仙气的。色红，像箭一样，真是符合人们对仙子的想象。

确切地说，赤箭是天麻的苗，天麻是赤箭的根。赤箭属于

天麻使人聪颖，能解除麻痹、平肝息风等，是治风之神药，又叫仙人
脚、棒打不退。

芝类，以其茎如箭杆，颜色为赤色而得名，她顶端开花，叶子
也呈赤色，远看如箭上插了羽毛。中国现存最早的药物学专著
《神农本草经》将赤箭列为上品，上品为君，主养命以应天，
无毒，多服、久服不伤人，可轻身益气，不老延年。

　　不过，赤箭苗秆和天麻根茎的作用是不同的，这也许是因
为赤箭是后来被炎帝插上去的缘故吧。赤箭用苗，有自表入里
之功，天麻用根，有自内达外之理。在实践中，天麻的用途也
比赤箭广泛得多。天麻不仅能治风定惊，而且还有非常强的补
益作用，她能够助阳气、通血脉、益气力。她的补脑作用尤其
明显，可以改善心肌和脑部的营养供血量，增强机体免疫功
能，提高机体耐缺氧能力，抵抗衰老，对防治老年痴呆症、恢

复老年人记忆、改善老年人脑部血液流通等都有很好的效果。

看那天麻，肥肥厚厚的样子，真是有着大智若愚、镇定自若的仙者风范。再把她切成薄片，那内里的丝丝脉络便呈现在黄白的精灵片儿中。这蕴含着仙气和灵气的精灵片儿，在自然的光辉中，透着令人喜爱的光芒。把这精灵片儿在洁净的清水中浸泡一阵，然后将她和着这浸泡过的清水，一起炖肉、煮鱼、煎汤、泡茶，等等，都香醇可口。享受了这样的美味之后，真会感觉自己越来越聪明、越来越有气力了。

当年，这可爱的天麻被炎帝找到之后，就不愿再回到天上去了。她在人间成家，安定下来。哪怕有来自仙庭的召唤，或是炎帝也要她回去，都不能使她改变心意。人们因此又叫她棒打不退。

而我们，也终于在对绿野仙踪的仰慕之中，得到了长久的聪颖之气。

亲爱的天麻，我很爱你。

# 百 合

　　我总是记得那个夏日，盛开在百合的清香中。

　　那时，我刚搬了新家。我经常跨越半个城市，去一家花市买回一大把百合，放在家中的玻璃花瓶里，用清水养着。淡淡的香味儿，在家里悠悠地飘着。家，便更加温馨而融暖了。

　　看那百合，植株挺立，叶似翠竹，花容清新，姿态优美，如同一位大家闺秀，含露低垂之间，纯真淡雅，不胜凉风的娇羞。难怪南宋诗人陆游有诗赞咏她："芳兰移取遍中林，余地何妨种玉簪，更乞两丛香百合，老翁七十尚童心。"因为百合的种头由近百块鳞片抱合而成，状如莲花，被古人视为"百年好合""百事合意"的吉兆，她便叫了百合，还被人誉为"云裳仙子"。

　　这沿茎轮生的百合，真的非常好，从模样儿到内涵，都是我最喜欢的一种状态。

　　而世间所有这样的好，一定都是经历了千辛万苦、千锤百炼方才可以得到的。

百合的鳞茎

百合在没有开花之前，和野草是没有什么区别的。传说有一天，她的种子落在一个遥远峡谷里的野草丛中，慢慢发芽生长了。野草们都认为她是其中的一员。只有百合知道自己是一朵不同于野草们的花儿，自己是一朵有果实的花儿，她的根就是果实。当她沉稳地对着天空长出第一个花蕾时，野草们开始嘲笑她、孤立她，认为她孤芳自赏，是野草的异类。百合默默地忍受着，依然努力而坚定地让花瓣张开，她相信总有一天自己会开出一朵美丽的花。

知道自己是一朵优异的花，更相信自己能够开出一朵美丽的花，这是一种多么美好的状态。只要有这样一种执着的信念和理想，哪怕前途渺茫、道路坎坷，哪怕只能在丛生的野草和遍地的荆棘之中，心痛地孤芳自赏着，都依然可以迎来春天。

是的，那峡谷中的百合终于迎风怒放了。当她昂然挺立于峡谷之中时，她迎来了自己生命中最重要的一刻，她以花的美丽形态，展示了自己的自然和本质，证明了自己的意义和价值。

流言，诋毁，打击，又何足惧呢？

那喜悦的泪水，更是化作了晶莹的露珠，满满地沾在刚刚盛开的花瓣中。

　　百合，寓意"百年好合""百事合意"，能润肺护肝、养心安神、健脾和胃等，是饮食佳蔬，又是良药。

　　多么令人心动。

　　我喜欢百合的这个传说，让我看到百合于美丽精致之中绽放的一种力量。

　　把百合洗净做菜或熬粥吃，也是我喜欢的。百合用来食用的部分，一般是那状如莲花的种头。把她一片片剥开，用清水浸泡一小时甚至更长一点时间，让她在水中自由伸展、张大，变得柔软、熨帖。然后，就可以把她和韭菜、芹菜茎、莴笋丝或玉米粒等一同清炒成菜，也可以把她和着大米，加入一些薏米、红豆、黑豆、枸杞、银耳、莲子等等合煮成粥。时常吃一吃，既可以解决饥饿，又可以润肺护肝、养心安神、健脾和胃。所以，百合是饮食佳蔬，又是良药。

百合还有一个特别的功效，即止涕泪。对此，唐代诗人王维曾作诗云："冥搜到百合，真使当重肉。果堪止泪无，欲纵望江目。"记载了自己在居家生活中，用百合煮肉来食疗自己泪囊炎的景况。

想来，那百合，一定是用她圆融的美满和纯净的韧性，让人不再轻易泪流的。

用清水养的百合，生长期不长。所以，那个夏天之后，我不在家中养百合了。我不愿意看到枯萎和颓败。我让百合长久地盛开在我的心中。想起她，我的微笑，不自禁地从嘴角浮出。真的呢，比漂亮要好的是美，比美要好的是好。百合，你这样美好的花儿，让我微笑地想起你。

# 远 志

在中草药中，最具励志意味的，当属远志。

远志的原名叫"大胆"，一个直白而有趣的名字。元末明初小说家施耐庵所著《水浒传》里的黑旋风李逵，有次从梁山下来行事被人问到姓名时，就谎称自己是"张大胆"。李逵当然是豪气冲天的胆大之人。而大胆，确实也是成就一番事业的重要品质之一。

让大胆这草儿更显珍贵的，是她既大胆，又心细。大到可以益智慧、补不足、治健忘、安魂魄、除邪气、利九窍，小到可以治一切痈疽。所以中国现存最早的药物学专著《神农本草经》将她列为上品，说她"强志倍力，久服轻身不老"。上品为君，主养命以应天，无毒，多服、久服不伤人，可轻身益气，不老延年。

在古代的传说里，大胆更是被赋予传奇色彩。

古时候，某地有一位秀才，娶了药铺主之女为妻，他的妻子颇通药理。一年仲夏，秀才将赴省城参加三年一度的乡试。

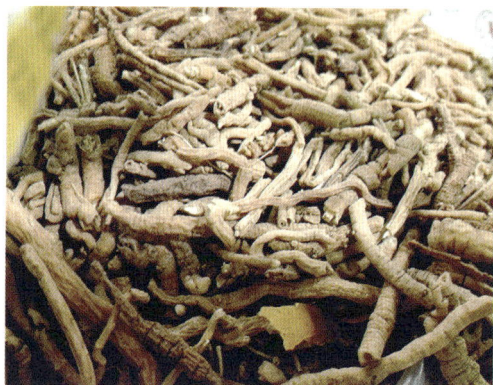

远志的根

远志的花。远志原名"大胆"，能益智强身，有励志意味，可治疗健忘症，主要药用部分是根。

临行前，他的妻子将一节浅棕黄色的圆木交给他，嘱咐他说："相公，此木名'大胆'，你带上此木，定能保身体健康、考场不惊、一举夺魁的。"秀才不解其意，笑着打趣道："难道叫我带上木头恐吓考官不成？"妻子摇头否定，并解释说："相公此次赶考，千里迢迢，天气酷热，日间赶路，夜来读书，加之蚊叮虫咬，岂不有害健康？此'大胆'内服有安神、补益、强壮之功效，可治心悸、失眠、健忘等症；外用又可治一切痛疽、肿毒、疔疮诸疾，难道不是可以保相

公一路安康吗？考前服之，镇静安神，临场不惊，尽情发挥，文艺、书法俱佳，能不夺魁？"秀才听了，茅塞顿开，连连点头称是。他依照妻子之言，带着大胆赶考，果然考中第一名解元。

可见，这主要药用部分是根的大胆，真是一味充满智慧的

草儿，她有着浓浓的爱，深深的情。仅仅被称为"大胆"，于她而言，似乎还真是不够。所以，那传说中中举之后的秀才在深深感受到她的神效之后，也不满意其名之俗。他想，既然能够益智强身，何不更名"远志"，更能名副其实，又暗合自己怀抱远大志向之意。他把更名想法跟老丈人药铺主说了，老丈人当下即点头称妙。

远志，这才诞生了。只要是长草的地方几乎都可以看见她的身影。春天时，她的嫩绿的叶儿，从土地里探出头来，一丛丛，一簇簇，很是亮眼。到了夏天，她便在每个枝丫上绽放出一排排的紫色的像蝴蝶一样的小花儿，风儿吹过，那花儿一点一点地摇摆着，更是迷人。而这时，人们便开始挖采她的根，让她把智慧播散到人间。

现在，人们更喜欢用她来治疗健忘症，将她胆大心细的特征发挥到最好。健忘多因思虑过度、脾虚生化乏源、心肾不足、脑髓失养所致。而味苦性温、宣泄通达的远志，既能开心气而宁心安神、又能通肾气而强志不忘。她与人参、茯苓、菖蒲、茯神、龙齿、朱砂等中草药同用，更是效果显著。

远志无疑是聪明的，会识她、善用她的人更是聪明。那传说中的老丈人除了会单用远志，还懂得组合和宣传。他为远志加上一味平和、镇静、安神的良药枣仁，组成了著名的枣仁远志汤，并以女婿做活广告，他的药铺生意格外兴隆。

远志，这味励志中草药，当然属于心怀远志的人。

# 仙人掌

仙人掌很容易养，随便从掌与掌之间的结节处剪一块下来，插在泥土里，她都会很快生根，一块一块地长出崭新的"巴掌"。我曾经是这样，让很多簇新的"掌"从一块小小的"掌"上长了出来。

那时，我住在一所小房子里，看着窗台上翠绿的仙人掌成块成块地生长着，不久位于最顶端的那一块中，开出了明艳的鲜黄的花。那翠嫩的绿和黄便仿佛开进了房间，清爽和明亮，一下子涌了进来，流淌着令人愉悦的气息。

仙人掌虽然容易养，却不能随便接触，因为她有刺。当然，这并没有什么妨碍。有时，外表有一层微微的刺，反而可以有效地保护自己，还能显出一份高贵和矜持。据说，在造物之初，仙人掌这个被神仙的手掌抚摸过的东西是世界上最柔弱的。她娇嫩得哪怕被轻轻地触碰一下，都可能失去生命。上帝不忍心看她受苦，便在她的心上加上一套绿色的"盔甲"，坚硬如铁，并布满"钢刺"。

　　大概就是这样，仙人掌坚强起来。况且她大多生长在干旱枯燥的环境里，想要巍然屹立，必须不同寻常。她有一种特殊的本领，在干旱季节，她可以不吃不喝地进入休眠状态，把体内养料与水分的消耗降到最低限度。当雨季来临时，她又非常敏

仙人掌很容易养，却因为有刺不能随便接触，有抵御邪毒、清热祛火等作用。

感地醒过来，根系立刻活跃起来，大量吸收水分，使植株迅速生长并很快开花结果。

　　因为坚强，仙人掌有抵御邪毒、清热祛火的作用，清代医药学家赵学敏所著的《本草纲目拾遗》，就说她能够行气活血、清热解毒、消肿止痛、健脾止泻、安神利尿。例如，用仙人掌来治疗急性乳腺炎，效果是非常明显的。我就用窗台上的仙人掌治疗过表妹的急性乳腺炎。当时，表妹正处于哺乳期，为了让孩子能够吃着最纯正最优良的母乳，不愿意吃消炎止痛的药物。我便让她将仙人掌去刺后剖开，先取汁涂抹于乳房，轻轻按摩片刻，再将仙人掌的内面敷在乳房上，用纱布覆盖并固定，敷了整整一晚。第二天，急性乳腺炎的症状就消失了。

　　真的是很神奇。从那以后，表妹也对仙人掌敬重起来。而味淡性寒的仙人掌，更是以她昂然、独特的姿态，长期温暖着我的记忆。我还记得，从那所小房子搬出的时候，要搬的东西

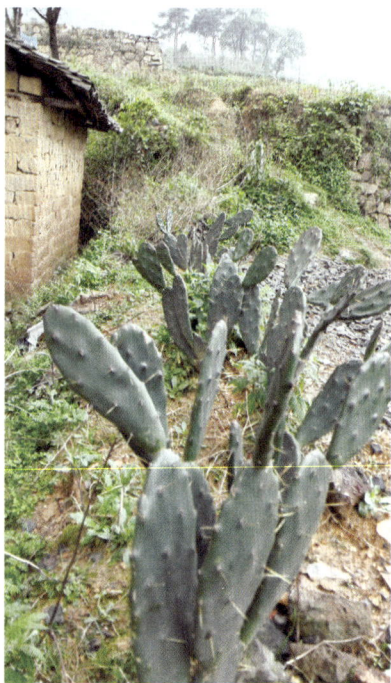

仙人掌

很多，我没有带走窗台上的仙人掌。但是，我始终牵挂着她，也越来越了解她。我开始在电脑旁，放上一盆小小的她，我知道她的存在，可以防辐射、防灰尘、净化室内空气。我还知道她含有较多的营养成分，对人体健康非常有利。作为低脂低糖食品，她可以促进新陈代谢，消除体内多余的胆固醇、脂肪和糖分，从而抑制动脉硬化和肥胖病，有效地降低血糖，改善体内利用胰岛素的效能，是控制糖尿病病情的理想食物。

几年后，一个偶然的日子，我又去了那所小房子，环顾四周，我看到那盆仙人掌。她依然在窗台上独自盛放，掌的顶端，摇曳在风中的黄色的花依然散发着夺目的清辉。

一切依然故我。岁月如此静好。

突然又想起了那个传说，传说中有一个这样的结局，也就是很久之后，有一个人对长了刺、导致接近她的生物都会鲜血淋漓的仙人掌不满，想要除掉她。手起刀落，仙人掌变成了两半。令人惊奇的是，掌的里面满是汁液，乳白中透着淡绿，清雅，安然。原来，那是被封存的仙人掌的心啊。因为没有人了解她内心的寂寞，她便将心化成了滴滴泪珠。而这样的泪珠儿，更凸显了她的坚强。

寂寞的，往往坚强；坚强的，耐得寂寞。

也许，在独自生长的过程中，每长出一根刺，她的心里，都会留下一滴泪吧。

而长出了刺，不再让人看到她的心，只不过是抵御外来邪毒的一种方式。她终究有着一颗善良的柔软的心。其实，被刺得鲜血淋漓的，往往是待她无礼粗暴的，而温柔敬她的，不会受伤。

就是那样一份暗暗隐忍的、忘我的、超脱的坚强，让仙人掌无畏而勇敢。她如清水一般，淌过荒地，漫过险滩，滑过乱石，沁入那渴望雨露的心田。

# 生 姜

　　我总是记得和小疆一起吃生姜的日子。

　　小疆经常唤我一起上学、放学。在放学回家的路上，我们一边走一边吃点小零食。那时候物资并不丰富，大人们喜欢做一个酸水坛子，放点新鲜的生姜、萝卜、黄瓜、刀豆、豆角、辣椒等等，泡上一段时间，再拿出来食用。有时作佐菜，在煮鱼、炒鸡、开汤等时候适量地放一点；有时作素菜，直接切碎，爆炒或凉拌。我们就经常把她们从坛中取出，包在小塑料袋子里，变成课余的零食。

　　那样的时光，清纯而绚美。我和小疆交换着这样的零食。我们都喜欢吃生姜。用小手儿捏着生姜片儿，顺着生姜的纹路，一丝一丝咬下来，含在嘴里，轻轻地吮吸，缓缓地磨碎。偶尔，两个小女孩儿相视一笑。日子，就在那温暖生动的味道里，静美芳华。

　　生姜性味辛温，有的人吃了她会出现热症，略有咽喉疼痛等症状。我和小疆却没有因为吃她而有任何的不适。可见，我们与生姜是相融和谐的。人和食物相融，便能体健身安，毒邪不侵。在那一种和谐中，食物是越发清美的，人，也越发舒畅。

据说，"尝百草、创医学"的神农氏也得益于生姜的排毒止

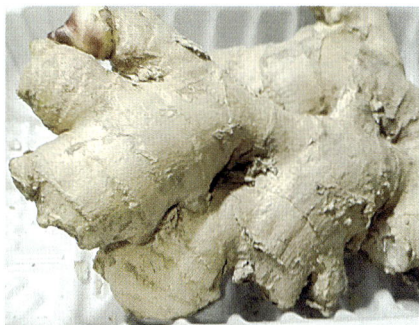

生姜，状如列指，性味辛温，用途广泛，能疆御百邪，传说生姜名字来源于神农氏。

痛功效。"生姜"还是他发现并命名的呢。某日，神农氏在山上采药，误食了一种毒蘑菇，头晕目眩，肚子疼得像刀割一样，吃什么药也不止痛。很快，他晕倒在一棵树下。不久，他却奇迹般地慢慢苏醒过来。他发现自己躺倒的地方有一丛尖尖叶子的青草儿，香气浓浓的。他又细细地闻了闻，感觉身体又好了些。神农氏明白了，是这青草儿的气味使自己苏醒过来的。于是，他又顺手拔了一兜，把青草儿的根块也放进嘴里嚼，那味道香辣而清凉。过了一会儿，他泄泻了一次，身体就全好了。他想，这种青草儿真是作用神奇、能够起死回生啊，要给它取个好名字。想到自己姓姜，神农氏就把这尖叶青草儿取名为"生姜"。

这样的传说，让我们进一步感受到了生姜的蓬勃生气。生姜，不仅自己生生不息，还能用她那生动灵巧的手，拂去阴郁疼痛，让人们身心明净，生气勃勃。

除了做菜和零食，生姜的用途还有很多。偶感风寒时，用

地里种植的生姜

生姜熬水喝；脾胃虚寒时，将生姜与红枣加红糖同煮吃下；寒气瘀积时，把生姜与芍药一同煎水喝；呕吐气逆时，直接嚼食生姜片或饮用生姜汁。夏天，更是可以多吃点生姜，益肺防暑。元代医学家李杲说："盖夏月火旺，宜汗散之，故食姜不禁。"可见，"冬吃萝卜夏吃姜"的说法也是有道理的。

清代医学家吴鞠通还经常将一块晒干的生姜用小绢袋盛装佩带在身上，称为佩姜，用来辟瘟疫邪气。据传他还使用佩姜治病呢。那天，阳光明媚。吴鞠通去郊外采药，看见一位村妇突然昏倒在地，面色苍白。她的丈夫在一旁，急得顿足捶胸。吴鞠通连忙过去察看并询问病情，得知村妇已经腹泻几天了，是日因家中有事强撑着出门，就出现了这个状况。吴鞠通诊其脉舌，发现村妇是寒湿泄泻，又逢日晒导致晕厥虚脱、四肢不温。吴鞠通便取下自己带着的佩姜，嘱咐村妇的丈夫赶快用姜煎水给村妇喝。村妇的丈夫连忙照做。村妇服用姜汤后四肢渐转温，目睁神复。

所以，真如北宋政治家王安石所说，"姜能疆御百邪"。

看那生姜，微微的黄中裹着微微的白，"如列指状"，还噙着一点儿似红还紫的尖儿，真像宋代诗人刘子翚在《咏姜诗》中吟咏的一样，那一份细嫩剔透，堪比美好女子的纤纤玉指。"新芽肌理细，映日莹如空。恰似匀妆指，柔尖带浅红。"多么相宜啊。

亲爱的生姜，我想你了，还想那与你共度的年少光华。

# 三　七

金不换，贵重之称也。金子都换不走的呀。

若是知道她的另外一些名字，你就会更加感慨，珍贵美好的，原来总是在我们身边的。

因为"彼人言其叶左三右四"，她又名"三七"；因为"其能合金疮，如漆粘物也"，她又名"山漆"；因为"味微甘而苦，颇似人参之味"，她又名"参三七"；她还有"田三七""血参"之称。

所以，我们要时常牢牢地铭记这句话：唯有珍惜眼前，方为最好。

三七的模样儿也配得上金不换的称呼。那根儿，独特结实，颇具艺术气质，透着土黄色的光泽；那叶儿，绿绿的，亮亮的，很是养眼。她的主要药用部分是根，其次是叶子。她确实是贵重的方药，能通能补，止血散血补血，定痛去瘀消肿，功能全面。除了孕妇要慎用，基本上是老少咸宜。少儿用她，可以抗疲劳、提高学习和记忆能力。老人用她，可以扩张血管、加强和改善冠状动脉微循环、镇痛安神、抗衰老。男人用她，可以治疗前列腺肥大。女人用她，可以活血养颜。因此，把三七的根敲碎成颗粒状、切成薄片、磨成粉末，熬

三 七

汤、煮粥、泡水，都行。熟食有补益安健之效，生服可以去瘀生新，有止血不留瘀血、行血不伤新的优点。

由此可见，三七和血有着密不可分的关系。她是止血常用要药。古时行军打仗少不了她。古时对她真假的辨别方法，也和血有关，即取一点三七的根，研成粉末，掺在猪血中，猪血化为水者为真。

她的传说，更是一个和着血泪的故事。相传，古时有个叫张二的人，患了一种出血症，生命危在旦夕。她的母亲急请一位姓田的郎中来医治。田郎中诊断后，取出一种草药的根，研磨成粉给张二吞下。不大工夫，张二的血竟然止住了，身体慢慢好起来。临走时，田郎中将草药的种子留给张二，叫他种在园子里，以备后用。一年过去了，草药长得枝繁叶茂。这时，知府大人的女儿也患了出血症，张二为了钱财，就把才长了一年的草药的根茎挖了出来，送去给小姐治病。结果血没止住，小姐却死了。知府大怒，命人将张二捆起严刑拷打，张二讲出了"田郎中给的假药"这样的假话。知府大人即令捉拿了

三七，又名金不换，必须要长到三至七年才有效，止血散血补血，定痛去瘀消肿，能通能补。

田郎中，将其定了"制造假药、谋财害人"之罪。田郎中申辩道："此草药对各种血症都有奇特疗效，但必须要长到三至七年才有效。张二所用之药，仅长满一年，本无药性，当然止不住血，救不了小姐。"说罢，他从差役手中要过利刀，在自己大腿上划了一道大口子，鲜血直流，他又从自己的药袋中取出药粉，内服外敷，没多久便血止痂结。在场的人惊讶不已，纷纷谴责昧良心没知识的张二。知府大人也信服了，却又只能后悔不已，只好放了田郎中。人们为了记住这一惨痛教训，就把这种药唤为"三七"，表示必须生长到三至七年才有用。又因为是姓田的医生深懂三七之道，人们也把"三七"唤成"田三七"。

曲折的故事让我们看到了三七的诸多优点，也应了那句老话，"姜还是老的辣"。只有经过岁月的沉淀，方才可以炼成佳品。只是可惜，那传说里，人们在了解三七的过程中，付出了血的代价。

　　在长期的修炼中，三七的价值越来越大，也越来越广为人知。人们开始把她当成现代养生良品，来增加抵抗力和免疫力，以及抗氧化、治疗高血脂、降低胆固醇等。例如，用她来炖土鸡、炖排骨和蒸螃蟹，把她制成药酒、饮料等。那微微淡淡的苦味，宛若生命的清光。

　　金不换，贵若生命。

# 当 归

"执子之手，与子偕老"是《诗经·邶风·击鼓》里的著名诗句，是一首说"戍卒思归不得"的诗。说到这句诗，我想到中药当归，这味具有多种功效的中药，其名字的来历也源于战争。

传说很久以前，外族人常常侵犯中国边境，皇帝召集天下壮士戍边卫国。一位新婚不久的壮士应召戍边，三年未与家中通音讯。残疾多病的母亲思子心切，每日烧香祷告。妻子更是日日想念丈夫，食不甘味，夜不成眠，加上里外操劳，身体逐渐垮了来，面黄肌瘦，头晕眼花，心慌气短，经血不调。她卧病在床反复呻吟："母残，子当归，妻病，夫当归！"同村一位老药农得知情况，送来一种气味芳香的中草药，让婆媳服用。两人每日服用，保住了性命。

再说边疆壮士们奋勇拼杀，终于扫平敌寇，得胜还朝。皇帝论功行赏，封官加爵。而这位壮士却叩头谢恩，不愿受封。皇帝很奇怪，问及缘由。壮士诚恳地说："母亲残疾多病，爱

妻空房情悲，今日边疆无
危，战士理当归乡。"皇
帝心生感动，准其还乡。

见到壮士归家，母亲
和妻子精神好了很多，她
们说，多亏老药农送来
神奇中草药，救了俩人
性命。壮士找到老药农，

当 归

深表谢意，并问及药名。老药农却说此药无名。壮士默然道：
"母念子归，妻盼夫归，干脆就叫'当归'吧。"从此，就有了
中药当归。

一些医书当中，也是这样述说当归名字之来源的：气血昏
乱者，服当归即定；能使气血各有所归，恐当归之名必因此出
也。那传说中的母亲与妻子，因为长期思念，乱了心绪，导致
气血失和，服用当归后，气血即得到了调理。明代医药学家李
时珍在《本草纲目》中亦云："古人娶妻为嗣续也，当归调血
为女人要药，有思夫之意，故有当归之名，正与唐诗'胡麻好
种无人种，正是归时又不归'之旨相同。"

"君子于役，不知其期。"同《击鼓》中的士兵相比，那位
传说中给当归赋名的士兵是幸运的，他能够在残酷的战争中得
以生还，同家人团聚。所以，当归的名字是温暖的。明代医家
张介宾（景岳）撰写的《本草正》说当归"能养营养血，补气
生精，安五脏，强形体，益神志，凡有形虚损之病，无所不
宜"。当归能主治一切血证，不论血虚、血瘀、血寒皆常应用，

当归，有"血中圣药""女科之圣药"之美称，其头可止血、尾可破血、身可和血，全用即一破一止。

有"血中圣药"之美称，其中尤以妇科经病为宜，对妇女的经、带、胎、产各种疾病都有治疗效果，又被称为"女科之圣药"。可见，当归的功效，在绵绵的辛香中，也充满着温暖的味道。

看当归，她有头，有身，有尾，甘温质润，宛若人形，和融圆满，每个部位的功效均有不同。金代医药学家张元素说当归之头可止血、尾可破血、身可和血，全用即一破一止也。李时珍在《本草纲目》中有关"凡物之根，身半已上，气脉上行，法乎天；身半已下，气脉下行，法乎地。人身法象天地，则治上当用头，治中当用身，治下当用尾，通治则全用，乃一定之理也"的表述，更是强调了当归之于人的妙用和担当。

　　据说，有一学徒，师从医家，看老师给患者开的药方中写着一味"当归尾"，他以为"尾"字是老师的误笔，便擅自做主删除，方药中便成了"当归"了，功效自是截然不同。幸亏被老师及时发现，才没酿成大祸。所以，用当归，就像用人一样，该用谁，不该用谁，该用什么，不该用什么，是错不得的。凡事均需担当，把握规则，掌好尺度。

　　正如那传说中"子当归、夫当归"呼唤，远方的人儿，应当归来，回到自己的家。因为，最好的爱，最暖的情，就是相亲相爱在一起。

# 大 蒜

大蒜，真像一团明亮的火焰。那厚厚圆圆的蒜头子，像敦厚的在底部支撑火势的火团儿；那微微长出的蒜苗尖，像微闪的火苗儿；而那蒜叶，就像火苗向上飘忽的招展的尾部了。大蒜，也仿佛可以生出轻烟，袅袅地飞向远方。

这样有着火般形象的大蒜，那品性里，也有着火一样的热烈、果敢和坚强。她味辛性热，可以理胃温中、消谷下气、除心烦痛、除邪痹蛊毒。她不仅可以内服，还可以外用。例如，有温病头痛的，可以用铁杵将大蒜捣成汁液服用；有积年心痛的，可以用浓醋煮大蒜食用；被蜈蚣蛇蝎螫到的，可以将大蒜捣成汁液口服，并把和着汁液的大蒜末涂抹于患处；小儿患上白秃症导致头上有团团白色的，可以把大蒜切开，用蒜的切口反复揩擦患处；等等。

大蒜的强大主要是她具有奇强的抗菌、消炎、排毒作用，是目前发现的天然植物中抗菌作用最强的一种，其中所含的大蒜素和硫化合物对多种致病菌如葡萄球菌、链球菌、真菌、伤寒杆菌、霍乱弧菌、病毒与原虫等等，均有明显的抑制或杀灭作用。大蒜还可防止心脑血管中的脂肪沉积，降低胆固醇、血液黏稠度和血糖水平，在每日都吃点生蒜的地区，因心脑血管疾病死亡的发生率明显低于无食用生蒜习

大蒜，味辛性热，能理胃温中、消谷下气、除邪痹蛊毒等，内服外用皆佳，又叫"韭叶芸香"。

惯的地区。大蒜中的微量元素硒，通过参与血液的有氧代谢，还可以清除毒素，达到保护肝脏的目的。

　　大蒜的强大很早就显示出来了。传说在三国时期，蜀汉丞相诸葛亮为征服南蛮，率百万大军南征，擒拿孟获。岂料孟获也非等闲之辈，他暗施毒计，把诸葛亮所率军马诱至秃龙洞。此地山岭险峻，道路狭窄，常有毒蛇出没，更有瘴气弥漫。蜀兵中计进入此地后，很快就染上了瘟病，全军面临不战自溃的危险。诸葛亮情知不妙，忍不住声泪俱下："吾受先帝之托，兴复汉室，大业未成，却临大难，何以报答先帝之恩？"这时，一位白发老翁扶杖迎面而来，说有解救良方。诸葛亮连忙叩拜，以求解救之计。白发老翁说："此去正西数里，有一隐士号'万安隐者'，其草庵前一仙草名'韭叶芸香'，口含一叶，则瘴气不染，嚼碎服下，则瘴气得除。"诸葛亮拜谢，依言而行。果然，没有染病的士兵不再染病，染病的士兵疾病消除。诸葛亮率平安之师征服了南蛮。凯旋回朝后，他求教于一

大　蒜

老郎中，才得知韭叶芸香就是家喻户晓的百合科多年生草本植物大蒜。

　　"韭叶芸香"，水一般的名字，让大蒜在刚烈之外，更多了几分侠骨柔情。她是烹调美味佳肴的调味品，也是上好的营养品。有研究证明，大蒜的营养价值甚至超过了人参，她含有200多种有益于身体健康的物质，如蛋白质、维生素 E、维生素 C 以及钙、铁、硒等微量元素。

　　我喜欢吃大蒜。除了让她成为烹鱼炒肉的调味佳品，还用她来做菜。把她的嫩叶，和藠头一块儿切成丝，与剁碎的红辣椒、蘘荽搅拌在一起，浇上一点盐汁或麻油，一道红红火火、一清二白的凉拌菜就形成了，诱人而开胃。用大蒜来预防疾病，更是可以随时使用。比如，夏日里在公共游泳池中游泳归来，可以剥几瓣大蒜，切成蒜粒，让她在空气中暴露一阵，再生吃。在公共游泳池里，难免会与身体有疾病的人接触，或吞入池中的不洁之水，而生吃大蒜就可以防治由此而产生的疾病，增强人体免疫力。

当然，吃大蒜总是会让嘴里有异味，哪怕按照常规祛除异味的方法诸如嚼点花生米或者泡过的茶叶，也不能彻底消除异味。所以，我一般只在晚餐时吃大蒜，吃过之后漱口，不再外出，以免让人闻到异味。只是，有时也防不胜防。有天晚上，刚刚美美地享用完大蒜，突然有同学相约，不便推辞。我只好反复漱口外出。见到同学，尽量同她保持距离，担心万一有异味让她闻到了，还很不好意思地说，我吃了大蒜呢。同学笑了，露出宽宽大大的牙齿，说，没关系，我也吃了大蒜，我们以毒攻毒吧。

是的，吃了大蒜的人，只觉得满口奇香，是闻不到大蒜的异味的。这样一团强大的火焰，早就把什么异味都烧得无形了。

# 红 薯

婴儿肥，是我非常喜欢的一种状态。

婴儿肥，往往用来形容女孩子的脸蛋儿，饱满圆和，润滑细致，像初生的婴儿一样，吹弹可破，味道怡然。

说到婴儿肥，让我想起吃红薯的时光。

那是我的年少时光了。红薯成熟的时候，外公外婆会去乡村选购上好的红薯。然后，他们变着花样做红薯。我可以吃到各种味道和不同式样的红薯，有粉糯的、蜜甜的、清爽的，有烤的、蒸的、煮的，有红薯片、红薯干、红薯团。

记忆中的红薯团，真是美的。她是过年的美食。大年二十九，是外公外婆最忙的时候，他们要把早已准备好的上等的面粉，加入清水调得浓淡相宜，再把洗净切成碎丝的红薯，和着适量的细细的白糖，一并放入面粉中，搅拌均匀，变成白白的红薯团。接着，他们架好油锅，把白白的红薯团一个一个地轻轻放入油锅里，炸成金黄。

空气中，便开始流淌着红薯的芬芳，质朴，香甜，独具韵味。亲朋好友都会捧着外公外婆准备好的红薯团，赞不绝口。过年，是红薯的味道啊。

红薯，可以温暖整个冬天。

荒年，红薯是最好的粮食替代品，丰时，红薯便成了上口的风味小吃，

红薯，性味甘平，既是粮食替代品，又是风味小吃，能补中和血、健脾胃、强肾阴等，阻止动脉硬化。

粮菜兼得，价廉物美。吃红薯，是没什么禁忌的。只要不是胃部饱胀得厉害，都可以随意吃点红薯。性味甘平的红薯，入脾、肾经，能够补中和血、益气生津、健脾胃、强肾阴，可以通便秘、治黄疸、治疗糖尿病和产妇乳少。现代医学研究还证明，红薯中含有一种具有特殊功能的粘蛋白，这种粘蛋白能保持人体血管壁的弹性，阻止动脉硬化发生。

只是，红薯保存期不长，哪怕放入地窖中，都只可以保存三个月至半年的样子。所以，乡村里的人们就喜欢将红薯碾磨成粉子，在洁净干燥的环境中，红薯粉子可以保存好几年。做红薯粉子是一份讲究而细致的活儿，先要将红薯洗净、碾碎，放入架着的纱布包袱中，加入清水过滤，沉淀一个晚上。第二天，将水放出，把沉淀下来的潮湿的红薯粉块用手捻碎，摊在干净的、铺着一层薄薄纱布的竹筛里晒干，装入洁净的塑料袋里保存，工序才算完成。

这样细细白白的红薯粉子，是真正纯正无污染的健康食

红 薯

品，尤其适合婴幼儿吃。她的样子和面粉非常相似。食用时可以适量加点清水煮成糊状，也可以直接加入开水，搅拌均匀。不需要放入任何调料，口感都是非常好的。

在外地读书时，我经常带上这样的红薯粉子。晚自习结束的时候，把红薯粉子加开水调成糊状，用小勺挑着，小口小口地吃。心里，胃里，便是暖暖的。

红薯的淀粉含量较高，吃红薯，是很长身体的。记得，当时正处于婴儿肥状态的我，吃了红薯后，脸蛋儿就更加圆润了。有一次，我迈着青春的步伐，行走在路上，远远地碰上表弟，他很大声地说："姐姐脸上的肉肉好多啊，走路都有点一动一动的呢。"我便很不好意思，说不出话来。回家照镜子，觉得自己的脸真是太圆太大了。

而其实，拥有婴儿肥，就仿佛心儿长出了翅膀，可以飞越沧海，扬起生动活泼的天上之帆。那是人生中令人万分留恋的时光啊。只是，明白这一点的时候，我的婴儿肥，早已渐行渐远。

正如，在那婴儿肥的时光中，可以吃到美味的红薯，觉得外公外婆真好，觉得这是平常的事，觉得红薯的芳香是可以这样覆盖着每一个日子的。而后来的某一天，我才发现，我的外公外婆也会有不为我做红薯的时候，而且，那样的时候一旦来临，竟是永远。

人生弹指芳菲暮。为什么，在鲜花盛放的时节，却只道当时是寻常？

LUHUI

# 芦 荟

初识芦荟时，我还是学生。第一眼看到她，觉得她很普通，就是绿绿的厚厚的叶子啊，上面还长着一个一个的小齿呢。

后来，在学习中，我慢慢了解了她。再看她，便觉出了她的美。她是独具风韵和气质的。那绿，那厚，饱满而深沉，蕴含着浓郁的汁，小小亮亮的齿儿点缀在那绿而厚的叶儿边上，伴随着她，一并舒展着，迎着阳光，展示着自己无限温柔的情怀。

芦荟，是属于第二眼美女的。这种美，绵长，持久。

我便开始与同寝室的同学谈论芦荟的好处，诸如她能够预防皱纹、眼袋、皮肤松弛等现象的产生，保持皮肤湿润、美白、娇嫩，还能使头发润滑光泽、预防脱发，等等。

我还从书上看到一个传说。说的是以美貌著称的克娄巴特拉七世，即埃及艳后。她的住处有一个外人无法接近的神秘魔池。每到子夜时分，她便步入水池沐浴。年复一年，日复一

日，埃及艳后的容颜
丝毫未改。后来，人
们在衰败了的埃及王
朝旧址里发现，魔池
中的液体其实是一种
叫作芦荟的汁液。

　　小花听得很认
真，还特意去药园向
药学老师讨要了一盆
芦荟养在窗台上。周

芦荟，于公元 8 世纪前后传入中国，能
收敛消炎、消除创面、改善疤痕等，有"万
能神草"之称。

末有空的时候，小花就剪下一小截新鲜芦荟，将新鲜芦荟那淡
淡的黄黄白白的汁直接涂抹在脸庞和脖子上，还不忘用小录音
机放上一段轻音乐，在音乐声中，闭着眼睛，养着精神。

　　小花那被芦荟裹着的脸，呈现出一种像玉石一样的光泽。
我们看着，都觉得稀奇，觉得平常不怎么起眼的小花，其实是
耐看的，也是第二眼美女呀。有个男生开始给小花送芦荟，用
精致的小花盆装着小巧的芦荟。小花推辞着，不要。但那男生
很执着，坚持隔几个月就送上一小盆，还很坚定地放在我们寝
室的窗台上。

　　小花就更是经常用芦荟汁来敷面了，那如玉的光彩伴着芦
荟的青辉，温暖，明亮。再看芦荟，尽管不时地被小花剪下一
小截，却并不被影响，淡淡的黄白色的切面慢慢地收紧长拢，
被一层深深的绿色覆盖，依然生机勃勃。

　　这就是芦荟的自身修复愈合能力呀，难怪她能收敛消炎、

芦　荟

消除创面、改善伤痕、清热解毒呢。相传公元前 4 世纪，建立古代世界最大的马其顿帝国的亚历山大大帝，在战争期间，就曾经听从亚里士多德的建议，命令大家广泛地栽培芦荟，以确保有足够的芦荟来治疗将士们的各种伤病，保证部队的战斗力，芦荟也因此在军中被尊称为"万能神草"。

芦荟是在公元 8 世纪前后传入中国的。在中国的文献中，最早出现芦荟记载的是隋末唐初医药学家甄权著的《药性本草》。从古籍医书记载的内容分析，当时人们认识的芦荟，式样普通，味苦，被误认为是龟胆，又名为象胆，得不到重视。只是随着时间的推移，人们在使用她、得到她的好处后，才开始爱上她，并广为流传的。例如，唐代诗人刘禹锡在他的医书《传信方》中，就记录了用芦荟治疗顽癣的经验，对芦荟效能颇加赞赏。到了宋朝，人们对芦荟药用价值的认识更是达到了相当高的水平。明代医药学家李时珍在他著的《本草纲目》中也收录了芦荟。后来记录芦荟的医书就更多了。

这其实就是第二眼美女的味道，有内涵、显深度、能长久。她缓缓地走进人们的内心，踩着不变的步伐。经过岁月的风霜，依然容颜不改，风采依旧。第二眼美女，一旦再被关注，一般是不会被遗忘了。只是，人世间，会有多少人，愿意稍稍静下心来，稍稍停留片刻，多花一点耐心和时间，再看第二眼？

而小花无疑是幸运的。当我们寝室窗台上的芦荟达到第八盆时，那个送芦荟的男生终于牵到了小花的手。

原来，芦荟，终究只是属于有心人。

# 芎䓖

芎䓖，美得很有仙气。

走近她，观赏她，轻抚她，可以感觉到温润油滑的天上气息。那油油绿的叶子像密密的羽毛，碎碎白的花儿像厚厚的圆伞。最独特也最实用的是她的根。整体来看，是质地坚实、不易折断的黄褐色的不规则结节状拳形团块，直径 2 至 7 厘米左右，粗糙皱缩，顶端又有类圆形凹窝状茎痕，下侧及轮节上还有细小的瘤状根痕。但是，若将这拳形团块切成片，那扑面而来的香气，便让你仿佛置身仙境，那露出来的花朵形状的黄白色或灰黄色的断面，散出的黄棕色油光，现出的波浪状环纹，更让她，像极了天上飘下的云。

难怪，她叫了芎䓖。"人头穹窿穷高，天之象也。"她上行头目，专治头脑诸疾，例如头风头痛、风湿痹痛等症。经常闻到芎䓖根片浓烈的香气，是可以神清气爽、耳目通达的。所以，懂得她的人喜欢把她用大红或大黄的丝线串起来，或挂在胸前做项链，或附在腕上做手镯，让她既做了首饰，又健了身

    芎䓖，辛温香燥，上行头目，专治头脑诸疾；下行血海，活血祛瘀作用广泛。

    体。有些男士，还把她做成吊坠系在自己常用的烟斗上，每天闻一闻，看一看，摸一摸。烟斗，都染上了仙仙的艺术气质。

    这辛温香燥的芎䓖，走而不守，不仅能行，还能散，她下行血海，活血祛瘀作用广泛，适宜瘀血阻滞的各种病症，真像天女散花，手到病除。她还因产地而命名。因为"出关中者"，为"京芎""西芎";"出天台者",为"台芎";"出江南者",为"抚芎"等。而其中,最有名的是因为"出蜀中者",为"川芎",且"蜀川者为胜",所以,她现在多被唤为"川芎"。而且,"川芎"之名的来历传说,更是让她宛若天物。

那是唐朝初年的事儿了。彼时,唐代医药学家孙思邈带着徒弟云游到了四川的青城山,披荆斩棘采集药材。一天,师徒二人累了,便在山顶的青松林内歇脚。林中山洞边有一只大雌鹤,正带着几只小鹤嬉戏。孙思邈看得出神,猛然听见几只小鹤惊叫,只见那只大雌鹤头颈低垂,双脚颤抖,不断地哀鸣。孙思邈当即明白,这只大雌鹤患了急病,很是疼痛。他很想去为其治疗,却又担心惊扰到鹤群,决定观察一下再说。

第二天清晨,天刚亮,孙思邈带着徒弟又到青松林,想探个究竟。在离鹤巢不远的地方,巢内病鹤的呻吟声仍然清晰可闻,但没有第一天那么急了。又隔了一天,孙思邈带徒弟第三次来到青松林,鹤巢里已经听不到病鹤的呻吟了。抬头仰望,几只白鹤在空中翱翔,嘴里掉下一朵小白花,还有几片叶子,很像红萝卜的叶子。孙思邈让徒弟捡起来保存好。

几天过去了,大雌鹤的身体已完全康复,又率领小鹤们嬉戏如常了。孙思邈观察到,白鹤爱去山顶峭壁的古洞,那儿长着一片绿茵,花、叶都与往日白鹤嘴里掉下来的一样。孙思邈本能地联想到,大雌鹤病愈与这种花草儿有关。他回去做了实验,发现这花草儿有活血通经、祛风止痛的作用,便用它去为病人对症治病,效果果然灵验。孙思邈兴奋地随口吟出诗来:"青城天下幽,川西第一洞。仙鹤过往处,良药降苍穹。"这花草儿就被叫成了"川芎"。

川芎,就是这样仙气十足。这仙鹤带来的苍穹之花,因为孙思邈的敏锐、聪颖、细致、耐心,成为了血中之气药,能够辛散、解郁、通达、止痛。尤其对于女子,其行气调血的作用更佳。

当然,仙道讲究的是度,是适可而止,和医道一样。川芎虽然美好纯净,还被中国现存最早的药物学专著《神农本草经》列为上品,却也是不能久服的。因为她属于肝经药,其性辛散,久服易致肺气偏胜,令真气走泄,肝必受邪,久则偏绝。气虚之人尤其不可久服。

所以,医者和仙者一样啊,贵在格物而致知也。

# 衔华佩实

XIANHUA PEISHI

　　当果实出现，所有的感觉即被唤醒。香的，甜的，好看的，特别的，犹如多彩花筒，瞬间惊艳天空。她们，有的粉糯清纯，有的玲珑生动，有的雍容华贵。她们营养丰富，药用价值高，补肝益肾、和胃健脾、润肺清肠、养心安神、舒筋除痹、美容护肤等，这许多的功效，更是让她们被赋予了款款深情，越发生机盎然。

— 药草芬芳 —

# 苍 耳

苍耳是谁？

你不一定知道。

可是，只要记起在那鲜活明亮的年少时光中，少年们爱玩的一个游戏，你就一定知道苍耳是谁了。

那时，在林间径上，山头岭中，只要看到她，少年们都会毫不犹豫地一把一把地轻轻摘下她，悄悄往前面行进的人的衣服上、头发间播撒。这被播撒的青青绿绿的像枣核一般大小的精灵儿，就会用她柔软的遍布全身的小刺儿，牢牢地粘在衣上发间，并以轻盈的身姿，跟随行进的人一路。直到行进的人在某个时段停下来，无意中摸拍头发、解散衣服，或是被其他人发现了告之，才会看见那附着的点点新绿。而此时再回头，想找寻那调皮的播撒的人儿，是找不到的。少年们的笑脸儿早就一晃不见了，他们压抑了好一阵子的笑也早已在远处尽情释放。

那精灵儿就是苍耳的果实，苍耳子。她的名字都仿佛那少

苍　耳

年们，在满满的活泼与蓬勃中，透着令人难忘的生动和形象。因为苍耳子的附着，她得到过一个颇有趣味的名字：羊负来，这在中国第一部博物学著作、西晋文学家张华编撰的《博物志》上有记载："洛中有人驱羊入蜀，胡菜（xǐ）子多刺，粘缀羊毛，遂至中土，故名羊负来。"又因为苍耳子优美的椭圆弧形，形似耳朵，状如女子们戴在耳垂上的装饰品，而被称为耳珰，由此被引申为菜耳、卷耳、胡菜，等等。还因为诗中有思夫赋卷耳之章，如《诗经·周南·卷耳》中女子以"采采卷耳"的吟诵，来"嗟我怀人"，表达对远行爱人的深情，等等，苍耳更是被赋予了绵长的情感，被称为常思菜、常菜。

　　多么灵动多情而又富有朝气啊，在这一份朝气中，苍耳却还有一份与生俱来的成熟和老到。看见她在风中招展的碧绿鲜嫩的叶子了吗？你也许会忍不住伸手摸一下，而只摸这一下，你的心便会微微一沉，因为那叶子是粗糙的，两面都贴生着糙伏毛，远不如你看见和想象的那般娇嫩。而且，即使是刚刚长出来的苍耳嫩芽，也是粗糙的。是的，苍耳一出生，就是"老"的，但她展示的，永远是新鲜的青春的活力。

　　这正是苍耳的多样和多面，亦如苍耳子长着柔软的小刺，却能坚强地附着在衣服上毛发间一样。所以，一定要懂得苍耳，懂得她的丰富和内涵。她能上通脑顶，下行足膝，外达皮肤。她的子、茎、叶、苗、根都可以入药或食用，治疗诸如风头寒痛、牙龈肿痛、鼻渊流涕、眼目昏暗、风湿挛痹、四肢拘挛痛、瘰疬疮疥、遍身瘙痒等等一切风症。她的应用方法也是独特的：想治疗牙龈肿痛，可将苍耳去刺洗净，加入清水煮沸，趁热将苍耳水含服于口中，冷了即吐去，吐后再含服，反复数次，即可病除；想治疗眼目昏暗，可将苍耳研成粉末，和白米一起煮粥食用；想解决饥饿，可将苍耳翻炒一阵，研成粉末，和着面粉，做成烧饼嚼食。那研成粉末状的苍耳，还可以熬油点灯。

　　苍耳，就是这样妙然袭来，带着那许多尘封的记忆。如烟的往事，像封闭很久的房子被突然拉开了窗帘，"哗"的一声，

　　苍耳，又叫羊负来，能上通脑顶，下行足膝，外达皮肤，子、茎、叶、苗、根都可以入药或食用。

倾进了无数的阳光。

阳光中，被少年们播撒了苍耳子的人，在设法把苍耳子从衣上发间拔下来。他们懂她，没有强力硬扯她。尤其是那粘在毛衣上和头发上的，强硬可能会把头发和毛衣上的毛都一并撕扯下来。他们用手指轻轻地捏着苍耳子，顺着她的细刺飞入的方向，慢慢地移动着，待移松一些之后，再缓缓地拔。

在轻捻慢揉之间，苍耳子从人们的衣上发间脱离。带着手心的温度，顺着手掌的纹路，她，轻轻地落入土地的怀抱。

因为懂得，所以珍惜。

由此，那袭来的苍耳开始飘向远方。于天之涯，海之角，她生根发芽，颔首微笑。

# 栗

喜欢吃栗。栗的那种糯软，那种清甜，常常让唇齿之间，盈满芬芳，全身上下，也有着通透的舒爽和怡然。

栗树一般高二三丈，苞生多刺如刺猬毛，每枝不下四五个苞，有青、黄、赤三色，九月霜降成熟。明代医药学家李时珍说："其苞自裂而子坠者，乃可久藏，苞未裂者易腐也。"他还根据栗的形状，给予栗各种称呼。栗之大者为板栗，中心扁子为栗楔。稍小者为山栗。山栗之圆而末尖者为锥栗。圆小为橡子者为莘栗。小如指顶者为茅栗。

栗子上市的时候，我常常喜欢去买些栗子，圆的，扁的，尖的，原味的，糖炒的，水煮的。我把她捧在手里，慢慢地吃。有一年冬天，在亲戚家的柴火灶台旁，我和女儿还把生板栗放在柴火灰里烧着吃。那柴火烧尽的灰暖绵绵厚墩墩，我们用灰覆盖住板栗，相拥坐在灰边，快乐地看着等着。柴灰中传出"噗噗"的声音后，欢喜的花儿便从我们心底绽放开来。我们知道，板栗的壳儿裂开了，她熟了。女儿用小手儿捏根树枝

栗，味甘性温，有"干果之王""人参果"之美称，主益气、厚肠胃、补肾气等，令人忍饥。

把裂开的板栗扒拉出来，任其稍凉一会儿，再放进手心，轻轻地拍一拍吹一吹，褪去柴灰，剥开栗壳，板栗的香便和着女儿纯美的笑颜，开满心田。

那真是醇香沁甜的时光。所以，秋天的时候，只要看到好栗，我必买上同女儿分享。女儿也像了我，到外地读书后，碰上好栗，也会买上吃，还总是想和我分享，感叹不方便寄回家。我们的深情，便款款地融于栗的芬芳中。

多吃栗，真是有好处的。栗自古以来就是珍贵的果品，干果之中的佼佼者，有"干果之王""人参果"之美称。中国历代医家陆续汇集而成的医药学著作《名医别录》将栗列为上品。上品为君，主养命以应天，无毒，多服、久服不伤人，可轻身益气，不老延年。中国早期医学理论典籍《黄帝内经》把"板栗、李、桃、杏、枣"并称为"五果"，说"五果为助"，食之能助养强身。南朝齐梁时期的医药学家陶弘景称"板栗子，主益气，厚肠胃，补肾气，令人忍饥"。味甘性温的栗还可作药方，唐代医药学家孙思邈在《千金方》中说："板栗，肾之果也，肾病宜食之。"李时珍也说："板栗可治肾虚，倘腰脚乏力，日食十粒，并以猪肾煮粥助之，久必强健。"

栗，就是大吉大利的。相传很久以前，一户农家正在办喜事。花轿刚临门，忽然飞来了一只金翅鸟，金翅鸟绕着花轿转了三圈，把一样东西吐落在花轿上，嘴上发着"栗子，栗子"的呼声，随即展翅飞远。一位白发银须的老人，俯身把落下的东西拾起来，高喊着："金翅鸟报喜来了。这是栗子。新娘早立子。大吉大利。"人们仔细一看，原来是一颗半扁半圆的褐色干果。老人把干果种到了山坡上。干果长势喜人，第二年就结满了栗子。消息传开，山里人都来讨树种，很快山上便栗树成林。而且，从那以后还有了办喜事用栗子压轿、闹洞房新娘吃栗子的习俗。很多地方至今还是如此，只不过改坐轿子为坐轿车了。

以祥和伴随新人的新生活，栗真是很有味道。古代的人还认为，要让栗补肾健脾、强身壮骨、益胃平肝的作用发挥到更好，还可以不时地坐在栗树下吃些栗。栗树的氛围可以强元固

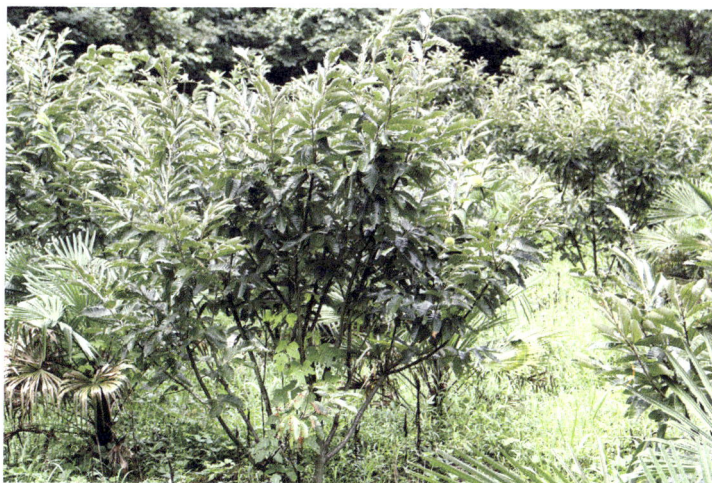

栗 树

本。想想在那栗树下坐着，从容享受栗的美味，实在是清雅悠闲、脱俗出众。豁达旷扬之气，必会从心底涌出，不同寻常的智慧，也会从栗中生发出来。

所以，当那一天，在乡村看到那棵茂盛的栗树，我和女儿便不约而同地立于树荫下，浅笑盈盈。当时，栗并未成熟，而栗之气是永恒存在的。俯仰之间，我们知道，栗的天然怡美之气，早已融入我们的身心。

DOUKOU

# 豆 蔻

豆蔻。指尖轻轻点下这两个字，忍不住心里一动。

想那正值年少光华的女子，如早春二月含苞待放的豆蔻，笼了一弯如烟的眉眼，灵动着羞涩的情愫；怯怯的欢喜，随着发丝轻扬；扬眉的瞬间，冰清玉洁的意境被素墨清描。

真是爱极了那豆蔻一样的女子，也就喜欢上了豆蔻。看着那素雅的黄白色的花儿，那轻巧的黄青色的果儿，无一不透着清洁与素淡，蕴含着莲花的气质，于一尘不染的平平仄仄中，播撒着温暖的芬芳。

豆蔻的名字是有来历的。传说远古之时，有一位叫豆蔻的女子，美丽纯净，她和自己的夫君、孩子，打理着一个花草园，每天种花养草，其乐融融。那花草中有一种开着黄白色的花儿、结着黄青色的果儿的，深得她的青睐，她常常把这种花草泡水煮粥食用，还和周围的人一起分享。享用的食客中有一些人，也想拥有豆蔻那样的花草园，他们从豆蔻那儿要来了各种种子，问清了种养方法，却怎么也养不出豆蔻花草园里的花草。看着

_193

豆蔻，含挥发油，具芳香之气，性情温和而作用于中焦，能调中补胃、健脾消食、祛口臭等。

豆蔻在房前屋后的花草中笑靥如花。他们对豆蔻的妒忌心更加强烈，恨意歹意冒了出来，他们联合着，在一个月黑风高的夜晚，放火点燃了豆蔻的花草园。花草园被烧光了，豆蔻一家人也不见了。可是，春风又至的时候，被烧毁的花草园竟然又长出了点点新绿，那开着黄白色的花、结着黄青色的果的花草长得更加清秀了。有人开始学着豆蔻用这样的花草儿泡水煮粥食用，便脾胃更健，精力更旺了。这些人感念豆蔻，把这花草称为“豆蔻”。

豆蔻，就这样流传了下来。以“豆蔻”为名的中药有四味，即白豆蔻、草豆蔻、红豆蔻和肉豆蔻。四药均富含挥发油，具有芳香之气，性情温和而作用于中焦。她们名称相近，功用类同，临床应用大致相同。用豆蔻泡水或煮粥食用，可以调中补胃、健脾消食、去口臭气，主治脘腹胀痛、反胃呕吐、不思饮食、腰酸肢冷、神疲乏力等症。一个人，体内气血通畅，心里清澈通透，当然口气清新，全身散发出健康的自然体香了。因而，用豆蔻来形容女子那最美好最圣洁的时光，就真是恰当不过了。只有美好洁净的女子，才会清香满怀，在不老的岁月里，婉转着和美的荣光。

那传说的结局更是符合善良之人的愿望，很多人又见到豆蔻一家人了，他们在另外一个地方，开辟了一个更大更美的花草园，依然过着健康幸福的生活。而那些点燃花草园的人在被烧花草重生之时，残的残，死的死，不得善终。可见，嫉恨和不懂感念是一种疾病，这种病的治疗主要靠自己。只是很多人不会治疗这种疾病，还任由自己病入膏肓。得了病的人，又怎么可以养得出好的花草呢？

所以，豆蔻被中国历代医家陆续汇集而成的药学著作《名医别录》列为上品，就更让人流淌出发自内心的微笑了。上品为君，主养命以应天，无毒，多服、久服不伤人，可轻身益气，不老延年。

据说，大周女皇武则天晚年的时候，非常喜欢豆蔻，她不仅用豆蔻来补养脾胃、清新口气，还把豆蔻种在寝宫周围，时时观赏。不知她是否也会想起自己曾经有过的豆蔻年华？想来，一个人不管是怎样的历经沧桑，甚至是怎样的冷酷无情、心狠手辣，在最初始的心中或许也是有过一片温软的青草地、飘着豆蔻的芳香吧。可惜，风流总被雨打风吹去，那蓦然回首之处，只剩芳草萋萋。

而豆蔻的芳香是长久隽永的。在豆蔻年华里静悄悄地开放，不染红尘阡陌，将暗香盈满衣袖，和着纤纤素手，独自妖娆在自己的季节里。

豆 蔻

# 南 瓜

南瓜，是很富态的。在纯实的金黄色中，她圆圆满满的，饱绽着幸福和美满。

一些很喜庆很温暖的物件儿，都像南瓜的模样儿。比如，灯笼，这散发着欢喜气息的吉庆饰物；小笼包，这展现着熨帖味道的可口食物；还有，丹麦童话家安徒生笔下的南瓜马车，那美丽、善良、勤劳的灰姑娘，就是乘着点石成金的南瓜马车奔向让她拥有幸福的地方的，南瓜变成的马车由此成为承载着灰姑娘和王子爱情的吉祥物。

因为蕴含着这样敦厚浑圆的欢庆喜爱，南瓜性格也很温和，味道甘香，无毒。哪怕被制成南瓜灯，成为西方万圣节这个有着鬼魅气息节日里的道具，她都是和气而腼腆的，温吞吞地被孩童们牵着引着，行东走西，让鬼节竟有了一些欢暖的意味，独具一种特别的芬芳。

由此可见，用温暖的南瓜来补中益气、养肝护肾、清心醒脑，那效果是再好不过的了。她可以降血糖、降血脂、降血压、抗氧化、防衰老、保护视力。若是有些神经衰弱、记忆力减退，不妨将南瓜做成菜食，每日适量吃一些，吃上一段时日，治疗效果会很明显。当然，凡事均讲究恰当与合适，南瓜也不可多食，明代医

南瓜，性温味甘，能补中益气、养肝护肾、清心醒脑等。她浑身是宝，叶、子、蒂等都可作药用。

药学家李时珍说"多食发脚气、黄疸"，还要注意配伍，"不可同羊肉一起食，令人气壅"。

鼓鼓圆圆的南瓜真的像一个可爱的吉祥宝物，可谓浑身是宝。将她硕大的绿绿蓬蓬的叶儿煎水，可以治疗痢疾；把她浅黄明晰的瓜子儿来嗑嗑，可以治疗前列腺炎。她的蒂儿，更是一味有用的药。

南瓜蒂的功能据说是清代医药学家叶天士发现的。当年，他来到东阳、磐安的大盘山区一带，在弯曲僻静的山道上，看到一位斜躺在地的女子，脸色苍白，两目无神，双手捧着凸起的小肚，嘴里轻轻呻吟，身边是倒下的柴担。叶天士连忙上前询问，得知她家就在山下，丈夫还在山上，自己怀孕已有几月，为帮助丈夫砍柴而来到此处，现在感到胎位不稳，正处于痛苦与不安的境地。

叶天士安慰着女子，告诉她自己是医生，会采药给她吃、

南　瓜

为她治疗的。但到哪儿采药呢，他也颇感茫然。他环顾四周，眼睛落在路旁地里一只只大南瓜上。这些大南瓜，小则七八斤，大则十多斤，只只都连在一条条的南瓜藤上。叶天士心想："南瓜藤上长南瓜，就靠南瓜蒂。这南瓜蒂从根藤那儿一点点地吸取营养，一点点地输送给南瓜，让南瓜从小长到大，从青变成黄，瓜熟蒂落，不正是像十月怀胎吗？"想到这里，叶天士决定拿这南瓜蒂来安胎。他摘下三只大南瓜，取下南瓜蒂，用自己随身携带的药钵，架起一个炉灶，拾来枯柴枝，煎起了南瓜蒂汤。

　　女子喝下南瓜蒂汤没多久，奇迹真的出现了，小腹不痛了，还能站起来走动了。她拜倒在地，感谢在这深山里遇上了"神仙"。

　　思路决定出路，这话真是没错的。智慧的叶天士以正确、独到、大胆的思维做出了成功的决定。南瓜蒂不仅可以安胎，还可以和南瓜一起，促进小儿生长发育。南瓜中含有丰富的锌，参与人体内核酸、蛋白质的合成，是肾上腺皮质激素的固有成分，是人体生长发育的重要物质。

这样的生长发育也正如南瓜花的成长，有着花好月圆的美感。南瓜那鲜黄、明艳、粉嫩的花儿，是果实的前奏，果实长出，花儿就谢了。在南瓜这儿，凋谢，即走向成熟。所以，并不是所有的凋谢都令人伤感的。

南瓜的光景，真是有福的。

如果可以，就让我们在那刚有雏形的娇嫩光亮小南瓜上，画上一幅画儿吧，让画儿随着南瓜一起长大，美景便永远留在了瓜上，心间。

MUGUA

# 木 瓜

木瓜。

写下这两个字的时候，我看到卫国的风，无休无止地吹着，吹红了花儿，吹绿了叶子。在一片繁茂明亮的红花绿叶中，木瓜，盈着笑脸，从远古飘然而来。

"投我以木瓜，报之以琼琚。"这是一份多么厚重的情感表达啊。在《诗经·卫风·木瓜》这首投果恋歌中，木瓜是深厚的情感寄托。

木瓜最早叫楙，中国第一部综合性辞书典籍《尔雅》说：楙（máo），木瓜。楙，也是树林茂盛的意思。北宋药学家苏颂也说："木瓜处处有之。"可见木瓜生命力很强。

越是厚重，才越是茂盛。盛，是一种昂然的姿态。

也许，正是丰满、多籽的饱满和昂然，木瓜给了人们"以形补形"的想象空间，现代就有了"木瓜丰胸"的说法。其实，这种说法是没有科学依据的。

木瓜有两种，宣木瓜和番木瓜。宣木瓜是蔷薇科木瓜属，

性温味酸涩，有平肝舒
筋、活血通络、化湿和
胃、滋脾益肺等功效，多
用于治疗风湿性关节炎、
腰膝酸痛、脚气肿胀、小
腿肌肉痉挛、腹胀烦痞等
病症。番木瓜主要产于热
带美洲，属舶来品，中国
古代习惯将国外称番地、
番邦，故名其为"番木
瓜"，她是番木瓜科番木
瓜属，性微寒味甘平，具
有健脾胃、润肺燥、除痰

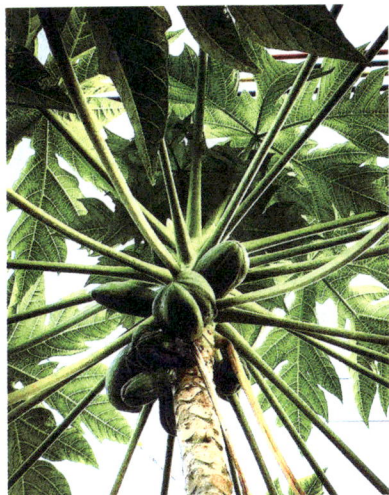

木瓜，有宣木瓜和番木瓜两种，宣
木瓜能平肝舒筋、活血通络等，番木瓜
能通乳利便、防止肌肤老化等。

热、通乳利便、防止肌肤老化、祛斑、抗菌、杀虫、消炎等功
效。对于宣木瓜，无论是在传统医学文献，还是在现代药典
中，都没有提到丰胸功效，实际运用中也没有发现这个功效。
丰胸的说法主要是针对番木瓜而言的，说是其中的木瓜酶可以
丰胸。

但是，木瓜酶没有丰胸作用。

木瓜酶能够分解蛋白质、糖类、脂肪，促进身体对蛋白质
的吸收，帮助消化，促进新陈代谢。木瓜酶中含有凝乳酶，也
可以调节人体内分泌，从而能够催乳下奶。例如，产妇在产后
适量喝点木瓜炖鲫鱼的汤水，能够起到一定的催奶作用。丰
胸，却是没有的。

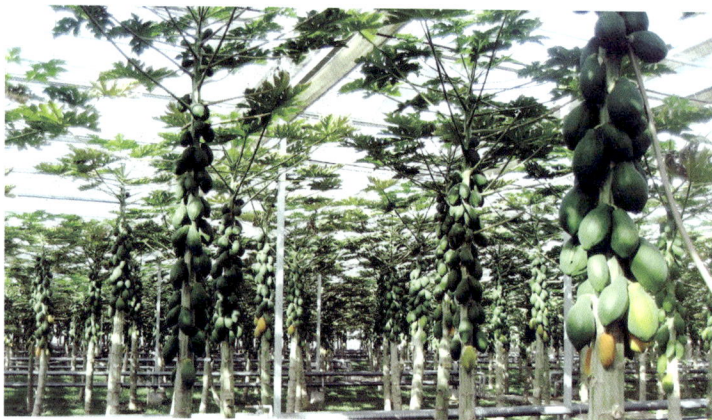

木　瓜

　　所以，对于木瓜，或食或用或赏，都怀着一颗平常心吧。想那诗经里的人儿，是用木瓜来表情达意的，哪里会去想丰胸那么复杂的问题呢，"匪报也，永以为好也。"只要相亲相爱在一起，就是最好。

　　情意，才是最动人的。

　　那被诗里的人儿用心捧着的宣木瓜，馥花浓郁，果色鲜黄，体糯肉厚，主要产于安徽宣城（古称宣州），至今已有1500余年历史，早在南北朝时期就被定为"贡品"。苏颂说木瓜是"宣城者最佳"。南宋诗人杨万里也作诗赞曰："天下宣城花木瓜，日华沾露绣成花。"

　　关于宣木瓜，还有一则有趣的故事：安徽广德一位名叫顾安中的人外出，偶然腿脚肿痛，不便行走，只好乘船回家。在船上，他随意将脚搁在一包装货的布袋子上，下船时突然发现自己腿脚肿胀疼痛好了许多，他感到十分惊奇，就问船家袋中装的是何物，船家回答说是宣木瓜。顾安中回家后，就买了一些宣木瓜，切成片，装于布袋中，每日将脚搁在布袋上。不久，他患的腿脚病就痊愈了。

可见，宣木瓜治疗风湿痹痛之类沉重不通的疾病，是很神奇的。她用厚重的模样儿，为人体注入一份真挚情感，化解了人身体上的沉重与负担。难怪，她是情意之赠物。

与宣木瓜外形差别不大的番木瓜，也是有情的，她可以使人变得更美。她所含有的木瓜酶，能够促使机体尽快排出毒素，帮助溶解毛孔中堆积的皮脂及老化角质，由内到外地清爽肌肤、塑造体形。

因此，将新鲜成熟的番木瓜和桃子分别去皮去籽去核，捣成泥状，加入几滴新鲜柠檬汁搅拌均匀，做成面膜敷在脸上，肌肤会变得更润泽、更清新。

适量吃些番木瓜，让她在唇齿间来回辗转，享受那醇香四溢、津汁生花的感觉，也是很妙的。可以生吃，可以和蔬菜、肉类等一起炖煮，还可以做成木瓜牛奶：将番木瓜去皮去籽切成小块，放入泡好的温牛奶中，倒进煮熟的鸡蛋汤里，再加入一点儿柠檬汁和适量蜂蜜，那都有着温暖的色调和鲜美的味道。

木瓜，可以让生活变得更美的。

木瓜树开花的时候，漫天飞红，仿佛浓浓的情和深深的意，瑰丽迸发。

真想，真想把木瓜轻揽入怀，像那诗里的人儿一样。仰望天空，依稀闪过卫国的阳光，那光辉，透过树梢儿，一点一点地融进我们的心房。

# 薏苡仁

薏苡（yìyǐ）仁，多么有韵味的名字。

读这个名字的时候，心里总是忍不住微微一动。再看她，光滑的乳白色，偶有残存的黄褐色种皮，一端钝圆，另一端较宽而微凹，腹面有一条小小的棕色的纵沟，那灵巧的模样儿，果然有着明珠的风采啊。

这坚实硬朗的小颗粒，还被唤作回回米、薏米、薏珠子、草珠儿，等等，是禾本科植物薏苡的干燥成熟种仁，甘淡，微寒，无毒。她确实曾和明珠有联系，还被组成了一个词儿：薏苡明珠。

这个词儿，意味深长。其中的主角，是东汉开国功臣之一、现陕西杨凌西北人的伏波将军马援。新朝末年，天下大乱，马援为陇右军阀隗嚣的属下，甚得隗嚣的信任，后归顺光武帝刘秀，为刘秀统一天下立下了赫赫战功。天下统一之后，马援虽已年迈，但仍请缨东征西讨，西破羌人，南征交趾，官至伏波将军，因功封新息侯，被人尊称为"马伏波"。

马援是很受后人崇敬的，明正德八年（1513年），四川巡抚林浚认为在位于重庆奉节县瞿塘峡口的白帝城内自立为白帝的公孙述为"叛逆者"，不可立庙，便毁了公孙述像，另祭祀江

薏苡仁，能健脾益胃、利水渗湿、舒筋除痹等。因"薏苡谗忧马伏波"之典故，有了成语"薏苡明珠"。

神、土地神和汉伏波将军马援像，改称"三功祠"。

马援应该是很庆幸天底下有薏苡仁这么一种东西的，他的战功也有薏苡仁的一份。据《后汉书·马援传》记载："马援在交趾尝饵薏苡实，云能轻身资欲以胜瘴气也。"当初，他率领军队驻扎的地方交趾（今越南北部），是比三国时期蜀汉丞相诸葛亮《出师表》里提到的"五月渡泸，深入不毛"还要往南边的、有着魔鬼一般可怕的瘴气的南方。瘴气，指南方山林间湿热蒸郁致人疾病的气，是一些湿毒，发作为瘟疫、脚气、风湿等等。当时军中士卒病者甚多，而能利水渗湿、清热祛风、舒筋除痹、补气养心的薏苡仁，正是对症的药物。马援和官兵们便采用当地民间用薏苡仁治瘴气的方法，常吃薏苡仁，效果显著。南方的薏苡仁果实饱满，马援在平定南疆凯旋返回京城时，装了满满一车子，准备带回去种植。

所以，明代医药学家李时珍在《本草纲目》中说："薏苡

薏苡仁

仁属土，阳明药也，故能健脾益胃。虚则补其母，故肺痿、肺痈用之。筋骨之病，以治阳明为本，故拘挛筋急风痹者用之。土能胜水除湿，故泄痢水肿用之。"那真是没错的。中国现存最早的药物学专著《神农本草经》也将薏苡仁列为上品，上品为君，主养命以应天，无毒，多服、久服不伤人，可轻身益气，不老延年。

薏苡仁对疝气也有一定的治疗作用。疝气是指人体组织或器官一部分离开了原来的部位，通过人体间隙、缺损或薄弱部位进入另一部位的一种疾病。金代医学家张子和说"诸疝皆属于肝"，先天禀赋不足、气虚下陷、感受外邪等原因都可导致疝气。宋代学者张师正在《倦游录》中就说了这样一个相关的故事："辛稼轩忽患疝疾，重坠大如杯。一道人教以薏珠用东壁黄土炒过，水煮为膏服，数服即消。程沙随病此，稼轩授之亦效。本草薏苡乃上品养心药，故此有功。"可见南宋词人辛弃疾和他的朋友，也得过薏苡仁的恩惠。

可惜，薏苡仁不能治疗一种叫作嫉恨的疾病。当然，哪怕世上有医治嫉恨的药，也很难畅销。因为，嫉恨是深藏于心的毒瘤，得了嫉恨病的人往往讳疾忌医，他们会疯狂地掩饰症状，还会将症状以一种堂而皇之的形式表达出来。马援身边就有很多这样的重病患者。他们从来没有看到过薏苡仁，以为马援从南方带来了奇珍异宝。许多权贵见马援毫无"孝敬"的意思，心里更是痛并恨着。只是那时马援深受光武帝刘秀信任和重用，重病患者们不敢轻举妄动，只能咬牙切齿地暗中咒骂，等待秋后算账。

后来，马援在一次军事行动中不幸病逝，他的仇人、光武帝的女婿梁松便乘机诬陷他，说他在交趾贪污大量明珠。心怀妒忌的重病患者们也跟着出动，大肆渲染马援当初将一车明珠从交趾运到京城的种种情形。接二连三的告状书，终于让光武帝勃然大怒，他把封马援为新息侯的大印追收回去。马援的妻子和侄子马严不知道马援究竟犯了什么罪，不敢为马援举行葬礼，并用草绳把自己绑着，上朝请罪。光武帝便把梁松等重病患者的诉状给他们看，他们才明白了事情的来龙去脉。他们以极其悲切哀伤的言辞，先后六次上书诉冤，其间也有些正直的官员为马援说话，光武帝才允许他们为马援举行葬礼。

这一事件大白于天下之后，被朝野认为是一宗冤案，名为"薏苡之谤"。唐代诗人白居易也曾写有"薏苡谗忧马伏波"的诗句。于是，就有了成语"薏苡明珠"，比喻被人诬蔑、蒙受冤屈。

这就是薏苡明珠，从字面上看，她，真是美的，而含义，却让人倍感沉重凄凉。

马援到死，也不知道这些吃了多年的薏苡仁到头来居然成了自己的赃物。幸亏他不知道，否则活生生地看着自己受辱，那岂是英雄所能忍受的！

有时，当我随意地抓些薏苡仁，加入黑豆、红豆、百合、小米、燕麦等物煮粥食用时，就想起清代诗人朱彝尊在《酬洪升》中所云："梧桐夜雨词凄绝，薏苡明珠谤偶然。"可见，人的作恶，大多源于无知、无能、无良、无度、无耻，从古至今，概莫能外。

休怪光武帝无情吧。翻翻二十四史，刘秀算是一个厚道的君主，要是换了他的祖宗刘邦，或是后世朱洪武，就算有十个八个马援也可能早就报销了，他的亲属们也可能早随其而去，哪还有申诉和平反的机会。自古以来，多少冤屈，变成了永远，没有真相大白的时候！

由此，我们眼中的薏苡仁，就总有了些特殊的意义。当她还可作为一种美容食品，常食后可以保持人体皮肤光滑细腻，消除粉刺、雀斑、妊娠斑、蝴蝶斑、老年斑，对脱屑、痤疮、皲裂等都有疗效的时候，更让我们有了欣慰的理由。

还是美国作家海明威所言甚好，"人可以被毁灭，但绝不能被打败"。昂然挺立的，永远是高贵的灵魂。

# 榴 莲

　　榴莲，是很难让人一见钟情的。

　　第一次吃榴莲，我的感觉就是不太好。

　　那是多年前的一个春节了。妈妈特意买了一只硕大的榴莲回来，让全家尝尝鲜。看那榴莲，像钢铁一样坚强的黄绿色外壳，布满了如同菠萝外表一样坚硬的锥形突起，扎眼，刺手。爸爸不知用什么方法打开了她，一股怪异的味道便扑鼻而来。我们都觉得无法将榴莲的果肉咽下，哪怕强迫自己往下咽，都有作呕的感觉。

　　榴莲那么贵，为了不浪费，妈妈决定自己承担后果，虽然她也不爱吃。她把榴莲放进了冰箱。每天，她打开冰箱门，拿出一小块榴莲，再关上冰箱门，强迫自己吃下，然后打开门窗，透气。那一系列动作，基本上是电影里的快进镜头，迅速之至，目的就是为了防止榴莲的味道扩散太久。

　　为了不让妈妈一个人吃得难受，不爱吃水果的爸爸也只好每天吃点榴莲。而我觉得如果不跟着吃的话，就太不孝顺了。

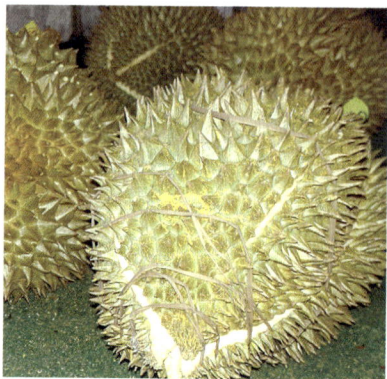

榴莲，被誉为"水果之王"，有特殊味道和极高营养价值，民间用"一只榴莲三只鸡"之喻来盛赞其补益功效。

我便以巨大的忍耐精神，陪着他们吃点。妹妹就更聪明了，她把榴莲带到学校去，送给爱吃的同学吃，从而获得了无比大方的美名。

这后来被我们全家视为无比美味的果肉，当时却被我们全家当作无比难吃的东西战斗了半个月。要是那古代的人知道我们曾如此嫌弃过榴莲，一定会非常不满。因为，榴莲的远古传说非常美好。故事是这样的：一群人漂洋过海下南洋，途中遭遇风浪，船翻入海，只剩一对男女漂泊几天到达一个美丽的小岛，得到了岛上居民的救助，吃了居民们采来的一种有特殊味道的果实，很快恢复了体力。这俩人便不再回家，而是在岛上结为夫妻，生儿育女，安居乐业，而且还非常喜欢吃那种有特殊味道的水果。因为这俩人的居留，人们便给这种水果取名为"流连"，意思是这个水果让人流连忘返。慢慢地，流连又被叫成了谐音"榴莲"。

的确，这种一旦成熟就自动掉在地上、在泰国最负盛名、被誉为"水果之王"的水果，有极高的营养价值，以及补中益气、滋阴壮阳、活血驱寒、利胆退黄、杀虫止痒的功能，她还特别适合产后的妇女及病后体弱者食用。民间就用"一只榴莲三只鸡"的形象比喻来大赞她的补益功效。

好在，我们现在对榴莲是颇为"流连"了。再不会用电影里的快进镜头，而全是柔缓的慢动作。看到榴莲，目光会停留很久，会觉得无比亲切；切开来，再端详那卧于果壳房内的淡淡奶黄色、裹着棕色圆核的果肉，更是觉得神清气爽；扑鼻而来的是一股浓郁醇厚的奶香味；取出来不是吃，而是先将果肉慢慢地分成小块，嗅一嗅连着缕缕的丝、好似拔丝香蕉出锅时那般温柔缠绵的果肉，再用一只小勺挑着，放进嘴里慢慢地品；咽下去再不会有作呕的感觉了，而是觉得有一种奇异的香甜味儿弥漫在嘴里，荡漾在脾胃；心里，也有了淡淡的温暖和安定。

有时，我们还将榴莲的果肉拌着大米饭吃，也别有一番风

榴莲树

味。有时，我们又将榴莲果肉中的核，烘烤或煮汤吃，更是味美如栗。吃榴莲时，可以与她的伴侣"水果王后"山竹搭配着，一块儿吃。榴莲性偏热，其热量、糖分、钾等含量较高，营养太过丰富，多吃容易上火或便秘。山竹性偏凉，正好清热泻火。如此，一温一寒，吃起来更是和谐通透，香彻心脾。

想那榴莲，冷硬的外壳里，是浓烈的美味，是不是炫美柔软的东西必定要有冷硬的外壳包裹，才更显珍贵？

这让我想起了一些人。外表冷峻漠然，内心柔软光明。对这样的人，必定要用友好和耐心打破那层冷冷的壳，方能见其内在的真美真善真纯。这样的人是可贵的。也许是因为世道艰难，他们才不得不背着重重的壳。这样的人，喜欢的会视其为终身知己、相知相伴，不喜欢的会妒忌无比、拼力打压。就仿佛榴莲，爱之者赞其香，厌之者怨其臭。

因此，人行于世，对事对物，不要轻易发出否定的声音。就像对于榴莲，不要因为第一次不成功的品尝，就将她永远地拒之门外。不要因为轻率，就很随便地关上了通往新世界的大门。

幸好，我愿意继续尝试，我愿意坚守。

所以，我就深深地爱上了榴莲。

# 菠 萝

　　我一直忽略了菠萝的香。直到第二次到厦门时，我才发现，菠萝香得很美。

　　那天，去永定高北看土楼。在景区门口，我看到了菠萝，那黄绿色的椭圆形，布满了星星般的突起，一簇翠绿的小叶儿在顶部盛开。不过，土楼的菠萝比一般的菠萝小，仅如人的拳头般大小。也许是第一次见到这么小巧玲珑的菠萝的原因，我把她握在手里，仔细端详。这时，有一种香儿，直抵心口。那香儿，从菠萝的两头传出。原来，菠萝可以这样香的。心，就在那一瞬间，像鲜花一样绽放了。我毫不犹豫地买了十几个，准备自己品尝一两个，其余的带给家人品尝。

　　同去的旅伴们，也争相购买。看着菠萝在她们的手中传来传去，我突然想到某部电影里的场景，那里的人物喜欢把菠萝当礼物送出，是不是也是喜欢那袭人的香气呢？而我，吃过很多次菠萝了，却不闻其香，幸得这小菠萝，因为其小，故得以捧在手心，方得其香。

菠萝，俗称凤梨，性平味甘，微酸、微涩、微寒，有补脾胃、固元气、益气血等功效。

小菠萝的味道和我们平常见到的大菠萝一样，也是可口怡人。游完土楼回到宾馆时，仍有余香在心头。我把菠萝一个一个地摆在床前的桌面上，看着她的香气开满房间。突然发现，自己前一晚突发在无名指上的急性甲沟炎没有了，手指头健康如初。来土楼的前一晚，我的无名指指尖边红肿热痛，本想去买点药来涂，但因为行程安排紧，没有来得及处理。现在就这样快的康复了，真是好呀，那是什么原因呢？

同行的旅伴，也很高兴地看着我的手指，笑着说，会不会是菠萝带给了你好运呀。

来不及细想，只让这一夜，枕着香味儿，入眠。然后，再让菠萝和香儿伴着我，去了机场，上了飞机，回到温暖的家。

家里很快有了菠萝的香儿，令人心静如海。我坐在菠萝旁，查找医书。我开始更多地懂得了菠萝。那甲沟炎的快速治愈，真是包含了菠萝的功劳呢。菠萝性平，味甘，微酸，微涩，微寒，具有补脾胃、固元气、益气血、清暑解渴、养颜瘦身等功效，她还含有一种叫"菠萝朊酶"的物质，能够分解蛋白质，溶解阻塞于组织中的纤维蛋白和血凝块，改善局部的血液循环，稀释血脂，消除炎症和水肿。

　　菠萝果然是会给人们带来好运的。福建和台湾地区称她为旺梨、旺来，新马一带称她为黄梨，潮汕地区称她为番梨，谐音"旺你"，都有兴旺发达之意。难怪人们爱将菠萝做礼物，除了好吃，还有好的意义。而且，她还很好看，她俗称"凤梨"，那略微像梨的身体顶部，有一丛小绿叶，像凤尾一样，在风中飘扬。

　　我也把菠萝当成了礼物，把好运带给了自己和家人。

　　家人把菠萝收藏好，几天过去了，也没见吃。家中，静静地飘着菠萝的淡香。我问，怎么不吃呢。他们说，不舍得吃呢。

　　不舍，心里就总是在追求完美的。

　　正像菠萝的花，从发芽，到成长，再到灿烂地盛开，心无

菠　萝

旁骛，行者无疆，即使方寸之土，也要深入精髓，努力做到完美无缺。想象着，那众多的小花儿密聚在花茎上，形成粗粗的花穗，花穗先端的苞片成放射状伸展，每一朵小花都现出星形，开出黄的、绿的、粉的、白的花儿，那是一幅多么绚美的画儿呀。

把菠萝当礼物，是多么值得啊。

# 猕猴桃

　　曾经，我不太关注猕猴桃，我也不知道猕猴桃为什么要叫做猕猴桃。

　　我觉得猕猴桃的果实有点酸。哪怕有时放置一段时间变软了，再吃，还是觉得酸。我不太喜欢酸味的果实。

　　当然，我知道猕猴桃性味酸、甘、寒，无毒，入脾、胃经，营养非常丰富，号称果中之王，药用价值也很高，能治疗维生素 C 缺乏症、食欲不振、消化不良、肝脾肿大、咽喉痛、呕吐等多种常见病，还能防癌抗癌。

　　吃东西，不一定是要合自己口味的，只要营养价值高，都可以买来吃吃，这样，可以让身体全方位地吸收各方面的营养。我是以这样的态度来对待猕猴桃的。

　　这种态度是没错的。但对于猕猴桃的了解却不够准确。经过那天，我认识到了这一点。

　　那天，我又在超市里买猕猴桃。旁边一位大妈对我说："记得把猕猴桃放在米袋里，和米在一起，猕猴桃会变软得快

猕猴桃，号称"果中之王"，营养和药用价值都很高，"其形如梨，其色如桃，而猕猴喜食，故有诸名。"

一些，味道也很甜。"我并不认识这位大妈，但见她眉眼里透着慈祥和善意。我猜她年轻时一定长得很好看。我喜欢长得好看又充满善意的人。我点头道谢。回到家，也把猕猴桃放进米堆里。

没过多久，猕猴桃变软了，我剥开来吃，果然甘甜香软。大妈说得没错啊。民间的智慧真是无穷。这一刻，我重新认识了猕猴桃，她的营养价值同味道是成正比的。是我没用正确的方法来贮存她，才品尝不到美味的。这就好像我们有时不善识人，没有发现别人的优异之处，一成不变地进入某种误区。

错过了多少美丽的人和事！

我开始仔细关注猕猴桃。我知道猕猴桃为什么叫猕猴桃了。明代医药学家李时珍在《本草纲目》中说："其形如梨，

其色如桃，而猕猴喜食，故有诸名。"有关她的传说也是如此
应和的。

相传在很久以前，南方林区有一种野生的果树，在每年八
月至十月之时，长出椭圆形的成熟果子，果皮上有黄褐色绒
毛。因为不起眼，又长有毛，山里人都认为这野果有毒。有一
年，山里人意外地发现，野果成熟时，前一天还亲眼看到野果
满树，第二天却只剩下光秃秃的树枝，地上又无野果落下。人
们疑惑顿生：这么多野果哪里去了呢？第二年，在野果即将成
熟之际，山里人日夜轮流值班，想一探究竟。一天夜晚，在暗
淡的月光下，人们发现，一群群猕猴从四面八方奔跑而来，纷
纷爬上果树，你抢我夺地摘采野果，边摘边吃，一会儿就把野
果抢摘一空。人们纷纷议论，这种不经看的野果，猕猴怎么如
此爱吃？第三年，野果成熟时，山里人想，此野果既然猴子
能吃，难道我们不能吃吗？于是，大家前去摘了品尝，先剥
去了果皮，只见肉色碧青如玉，送进嘴里尝试，竟然酸甜可
口。大家便拿了大篮小筐，纷纷摘采，运回家中。如此天天
吃，年年吃。几年后，大家的身体变得越来越强壮，长寿者也
越来越多。于是大家把这种野果视为仙果、珍果，觉得应该给
果子取个名字。讨论了很久，大家认为这种野果属桃科果类，
猕猴又爱吃，就叫"猕猴桃"吧。

这就是猕猴桃啊。古人真是善于全方位多角度地观察和钻
研事物，他们用执着和聪明，让我们拥有了猕猴桃。一代一代
地也把这个名字传下来了，历代本草书籍，乃至当代大型中药
大辞典，都将"猕猴桃"作为中国统一通用的中药名。

　　我开始尝试猕猴桃的各种保健食用方法，榨汁、切片泡水、晒成干果、与粳米煮成粥，等等。有一次，我把猕猴桃放在煮熟的米饭上，拌着米饭吃，别有一番风味。

　　看那猕猴桃，椭圆形的模样，浅褐色的外表，淡青色的果实，真像个特别的小精灵啊，以前，她是不是也担心我不明白她的美味，才在那天派大妈那位使者来提个醒呢？

　　而猕猴桃与大米亲密接触之后，就会较快地变软变甜，应该有大米的功劳吧。清代医药学家王士雄撰写的《随息居饮食谱》说大米是"世间第一补人之物"，明代医药学家汪颖对大米的评价也很高："惟此谷得天地中和之气，同造化生育之功，故非他物可比。"也许，大米用她的深神之气，浸染了猕猴桃，两者相和而美。

　　还好，我终究还是明白了你，亲爱的猕猴桃。

# 橘 子

橘子红了，透出的是一番温暖的光景。

喜欢看那橘树沉甸甸的模样儿，喜欢把那圆圆的黄黄红红的橘子，捧在手心里，将橘皮轻剥开来，把连着橘皮里面脉络的橘肉，一瓣一瓣地吃。

橘子营养价值高，含有丰富的蛋白质、有机酸、维生素以及钙、磷、镁、钠等人体必需的元素，每天吃上两三个橘子，可以疏肝理气、补血健脾、和胃生津、润肺清肠、除燥利湿。橘子可以促进伤口愈合，对败血症等病有良好的辅助疗效。此外，橘子含有生理活性物质，可以降低血液黏滞度，减少血栓形成，故而对脑血管疾病，如脑血栓、中风等也有较好的预防作用。而且，橘肉含有类似胰岛素的成分，糖尿病患者也可适当食用。当然，橘子是不可多吃的，多吃容易出现龈肿口痛或衄血长痘等俗称"上火"的现象。

吃橘子时，一定不要将橘瓣外白色的网状筋络扯得一干二净，要和着橘络吃。橘络能够通经活络、顺气活血。若是有冠

橘子，能舒肝理气、补血健脾、和胃生津、润肺清肠等，是表达孝心的佳品，古时"怀橘"故事即含此内容。

心病、慢性支气管炎、久咳引起的胸胁疼痛等症，那橘络更是理想食品了。

橘子还是表达孝心的一大佳品，古时即有"怀橘"一说，渊源于三国时期对天文、历算颇有造诣的陆绩幼年时的故事。《三国志·吴志·陆绩传》里说，陆绩的父亲陆康与袁术很熟。一次，6岁的陆绩到袁术家做客，袁家以橘子等果品相待。其间陆绩趁主人不注意，悄悄拿了3只橘子藏在怀里，打算带回家给母亲尝尝。告辞时陆绩向袁术弯腰作揖致谢，不小心使藏于怀里的橘子滑落到地。袁术便向陆绩问缘由。陆绩羞愧不已，当即跪下据实以答。袁术听后深为感动。由此，"怀橘"一词成为古人思亲、孝亲之典故，并被列为古代"二十四孝"之一。中国南方的某些地区现在还有节日期间相互赠送橘子之风俗，大概也取其爱心浓厚之意和"大吉大利"之音吧。

　　冬天是橘子味道最好的季节。不过，有时会碰到很酸的橘子。若是不太喜欢酸味，可以用一种非常简单的方法让酸橘子变成甜橘子。即将酸橘子放在单车的放物篮里，骑着在附近转一圈。之后，再尝尝篮子里的酸橘子，真的变甜了很多。

　　这是因为橘子甜味的变化与其所含酸度的不同有关系，橘子里既有产生甜味的糖，也有产生酸味的酸。酸容易受到冲击，受到冲击后，酸就会减少，酸减少了，才会感觉到甜。有人特意为此检测过橘子的成分，例如，一只含糖量 12.3 的酸橘子，在用过上述方法后含糖量仍然是 12.3，只是酸度有了变化，在使用上述方法之前是 8.1，使用后变成了 4.2。可见，橘子是由于受到单车放物篮晃动的冲击使酸减少了，才让人感觉到甜的。由此可以推断，把橘子揉搓、轻拍、旋转一番，橘子也会变甜些。

　　这真是有趣的事情。不过橘子也要有点酸，才是最正宗，所谓酸甜可口是也。

　　突然就想起那年少光景里的事儿了。

　　那是橘子成熟的季节，朋友们喜欢相邀去橘园采橘，采回来自己享用或是赠予他人。

　　记得那时，阳光是暖暖淡淡地照下来的，橘林仿佛被镀上一层金光，熠熠生辉。光辉中朋友们欢笑着。他们一边摘一边吃，吃的速度相当快，往往一只手摘下一只，另一只手就往嘴里塞进一只吞下肚了，竟不论酸甜，且身手敏捷，协调麻利。摘了一麻布袋橘子，就吃了近小半袋。橘农也并不恼，在旁边看着笑着，反正是自家的橘子了，钱赚多赚少都无所谓。我自认愚笨，便和橘农一样，在旁边看着笑着，不参与摘，也不参与吃。朋友们便在奋力工作的同时嘲笑嘲笑我。谈笑间，几麻布袋橘子就被粗绳捆在单车后架上了。然后，大家踩着单车，唱着歌儿回家。

那真是快乐无比的时光。更有趣的是，朋友们那样狂吃橘子也从来不上火，是不是乐哉悠哉、随心随意一些，身体也跟着愉悦灵动，反而不受任何束缚和拘束了？我想应该是如此的。只是，那样快乐的时光，我已经很久没有得到过了。

# 芝 麻

一位男子，如果喜欢厨艺，那真是不错的。

如果这位喜欢厨艺的男子还相貌堂堂、天资极高、学识渊博、诗文书画皆精，那就真是很不错了。

而如果这位男子还豁达乐观、客观公正、充满爱心、与人为善，那就真是非常不错了。

有没有这样的男子？

当然有。比如北宋文学家、书画家苏轼。虽然他一生仕途坎坷，但始终热爱生活。无论被贬官到哪里，他都能泰然处之，并钻研厨艺，做出各种美食。

苏轼这位美食家，让我开始关注芝麻。因为，苏轼在自制的各种菜食中，常常喜欢放入芝麻。

他做出的最有名的一道菜，即以他的名号东坡来命名的"东坡羹"，也叫"东坡肉"，就是在猪肉中加入芝麻蒸煮而成的。还有诸如"东坡肘子""东坡豆腐""东坡玉糁""东坡腿""东坡芹菜脍""东坡墨鲤""东坡饼""东坡酥""东坡豆花"等等，

芝麻，别名胡麻、脂麻、油麻，性平味甘，能润养五脏、长肌肉、坚筋骨、填髓脑、明耳目、抗衰老等。

都放入了芝麻。

可见，苏轼真是懂得养生的，他有着令人佩服的优秀和全面。芝麻别名又叫胡麻、脂麻、油麻，性平，味甘，可以补中益气、补肝益肾、润养五脏，能够长肌肉、坚筋骨、填髓脑、明耳目、抗衰老。中国历代医家陆续汇集而成的药学专著《名医别录》也将芝麻列为上品。上品为君，主养命以应天，无毒，多服、久服不伤人，可轻身益气，不老延年。

古时还把胡麻当成仙药。传说人间有两个人上了仙台，碰上仙女，看到仙女在食胡麻饭。方知胡麻乃为仙家食品焉尔。胡麻饭即以胡麻同米做成的饭。

仙人都用的食品，更足见芝麻的神奇。芝麻有黑芝麻和白芝麻之分，食用和治疗疾病多用黑芝麻。明代医药学家李时珍在《本草纲目》中说："胡麻取油以白者为胜，服食以黑者为良。……取其黑色入通于肾，而能润燥也。"

苏轼就只用黑芝麻。他用芝麻还非常讲究，喜欢用经过九蒸九暴的黑芝麻。苏轼不仅把芝麻用于饮食、养生，还把她用于治疗痔疮。他曾与朋友程正辅作书云："凡痔疾，宜断酒肉与盐酪、酱菜、厚味及粳米饭，唯宜食淡面一味。及以九蒸胡麻即黑脂麻，同去皮茯苓，入少白蜜为饮食之。日久气力不衰而百病自去，而痔渐退。此乃长生要诀，但易知而难行尔。"苏轼的精益求精由此可见一斑。

当年，苏轼制作那"东坡羹"时，也是在被贬到黄冈时花了一番工夫琢磨出来的。当时，当地猪肉价格低廉，但人们因为不善烹饪而较少吃它，苏轼却开始了美食行动。他想，单吃猪肉，过于肥厚，而加入芝麻，不仅可以中和其肥厚油腻，还可以滋养肝肾。同时，再加入生姜、紫苏、大蒜、豆豉，起到温中、散寒、理气、排毒的作用。经过苏轼的精心制作，一道肥而不腻、红酥醇香、补益作用明显的类似红烧肉的菜肴便形成了。在吃得津津有味之时，苏轼还作了首打油诗："黄州好猪肉，价贱如粪土，富者不肯吃，贫者不解煮，慢着火，少着水，火候足时它自美。每日起来打一碗，饱得自家君莫管。"后来，这首诗传了出去，人们开始争相仿效，如法炮制，"东坡羹"便名扬四海了。

"东坡羹"也流传到了现在，尤其是苏杭一带，很多饭店都有"东坡肉"这道菜。可惜，我们谁也不知道，现在的"东坡肉"是否真有苏轼做出来的味道？

　　而苏轼这样一位"上可陪玉皇大帝，下可陪卑田院乞儿"的男子，是让我们倍觉温暖的。他的才情和技艺，深深地感染着我们。他那令人心碎的真诚，真的就像芝麻一样，遍地开花。

# 黄秋葵

初次见到黄秋葵，是看到她的果实，那青绿色的嫩荚果，呈长线条状，尾端尖细，好像青辣椒，又像女子的纤纤玉指。难怪英国人唤她为"女人指"，真是富有诗意啊。

而作为"女人指"，黄秋葵是不容易接近的，因为她植株上的绒毛，会导致皮肤瘙痒。尤其是体质过敏的人，只要一碰到她，皮肤就会奇痒无比。体质正常的人要种养或采摘她，至少都会戴上二层胶质手套。可见，黄秋葵是要挑人种的，不是每一个人，都有办法接近黄秋葵。这也正是黄秋葵的可爱和可贵之处。就像一个女子，什么人都可以接近，那哪里像个女人?！随便，不是好事。

因此，黄秋葵就与众不同，想拥有她，不仅要懂得她，要有恰当的方式，还要在恰当的时候。她的生长期跨越春夏秋三季，果实长到 5 至 10 公分的长度，方为佳品。每当到了采收期，她的生长速度更是比往常要快很多。那个时候，采摘的人就要与老天爷赛跑，须得凌晨三点多钟摸黑下田采收，再以人

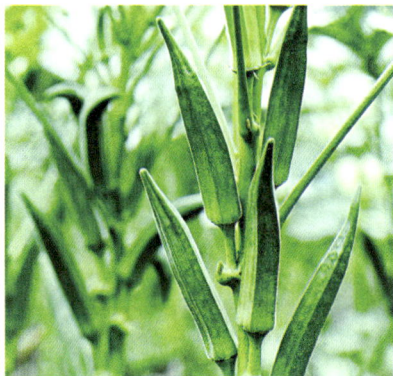

黄秋葵，又叫女人指，子、苗、叶、花、果实均可食用，她最有价值、供日常食用的部分是嫩荚果，即果实。

工方式分级包装赶赴果菜批发市场。如果偷懒慢个一天，生长快速的果实长度超过10公分，便会纤维老化，丧失优质卖相和口感，成为次级品。采收，就没有什么意义了。

黄秋葵由此有了非常的价值。作为锦葵科一年生的草本植物，她的种子、幼苗、芽叶、花朵、果实均可食用，可谓浑身是宝，营养价值堪比人参，又被人称为"绿色人参"，还比人参更适合日常食补，可以炒食、煮食、凉拌、制罐、做汤及速冻加工等。她最有价值、主要供日常食用的部分是嫩荚果，即果实，肉质柔嫩、润滑，除了含有丰富的蛋白质和维生素A、B、C以及铁、钾、钙等微量元素，还含有一种散发着特殊香气的黏性物质。这种黏液由水溶性纤维果胶、半乳聚糖和阿拉伯树胶等组成，可以清利湿热，保护肠胃、肝脏和皮肤黏膜，帮助消化，增强人体耐力，治疗肾炎、肝炎、胃炎、胃溃疡、痔瘘等疾病。

黄秋葵更能吸引爱美丽爱保健的人，她的嫩荚果被许多国家定为运动员的首选蔬菜，也是老年人的保健食品。这是由于她除了能够提供膳食纤维，还热量不高。每一百公克只有37

大卡左右的热量，钙与镁的营养密度又都比乳制品高，有利于体重的控制。

也许是因为太过独特了，黄秋葵还被人认为有壮阳的作用，把她的嫩荚果，俗称为植物伟哥、补肾草。而实际上，黄秋葵没有伟哥般的壮阳作用，虽然她确实含有一定的植物激素，但含量非常少，即使吃下100斤黄秋葵，经过肠胃消化，能被体内吸收的植物激素也是微乎其微，自然谈不上植物伟哥的。而且，单从她作为运动员的膳食这一点来看，她的激素含量就不会太高，否则运动员食用后是会被怀疑服用了兴奋剂的。

所以，就把黄秋葵当作美味可口的果蔬来食用好了。上天赐予我们食物，是让她来充实我们的身体、抚慰我们的心灵的，我们要放心地、开心地、满怀感恩地享用，不带功利性，

黄秋葵

才不会辜负食物的真正意义。何况，黄秋葵还不仅仅是只能当新鲜的蔬果，在塞尔瓦多和马来西亚，人们将成熟的干燥的黄秋葵种子，烤熟磨细，做成咖啡的代用品，成为"无咖啡因的黄秋葵咖啡"，味道极为浓郁芬芳，与真正的咖啡相似。把这样的黄秋葵种子加于真正的咖啡内，也可以让咖啡更加美味。

所以，黄秋葵这样的草本植物是值得我们感激的。健康、矜持、高贵、友好。就像我们一直找寻着的朋友，在那一堆荒草中，散发着独一无二的光芒，让有智慧有耐心的我们把她等到。

# 枸 杞

枸杞，是很早以前就有了的。

那时，人们就喜欢采用枸杞。《诗经·小雅·杕（dì）杜》有写枸杞的句子，"陟彼北山，言采其杞"。惘惘然登上北山去，采枸杞啊采枸杞。在这首女子思念久役不归的丈夫的诗中，枸杞，这红红的小小的椭圆形的颗粒儿，就像红宝石一样，在悠悠情思中，熠熠生辉。

所以，性平味甘、质润气和的枸杞最擅长明目，俗称"明眼子"。也许是那望穿秋水的等待，才赋予了枸杞如此特别的益处吧。枸杞归肝、肾、肺经，具有补肾益精、养肝明目、润肺生津、滋阴补血等功效，治疗因肝肾虚损、精血不足不能上济于目所致的眼目昏花、视力减退和夜盲症，疗效甚佳。著名中成药杞菊地黄丸，就是以枸杞为主要药物的。民间更是习惯用枸杞来治疗慢性眼病，枸杞蒸蛋是简便有效的食疗方。据说南宋诗人陆游年老时，出现眼睛昏花现象，靠每日喝一杯枸杞羹治愈了。

枸杞，性平味甘、质润气和，最擅长明目，俗称"明眼子"。中成药杞菊地黄丸，即以枸杞为主要药物制成。

枸杞还被历代医家推崇为强身健体、延缓衰老之良药。有关枸杞的长寿传说，更是妙趣横生。相传在北宋年间，某日有位朝廷使者在游历途中见到一位貌似十六七岁的姑娘，手执竹竿打一位白发苍苍、弓腰驼背的看起来有八九十岁的老翁。使者拦住那姑娘，责问她为何要这样对待老人。那姑娘回答："这人是我的曾孙儿，我打他是为了教训他。"使者惊道："那你为何要教训他呢？"姑娘答曰："家有良药他不肯服食，年纪轻轻就这样老态龙钟的，头发白了，牙齿掉光了，路也走不动了，就因为这个，我才要教训他。"使者好奇地问道："你今年多少岁了？"姑娘应声说："我今年已有372岁了！"使者听后更加惊异，忙问她是什么方法可以得到如此高寿的。姑娘说："我没有什么神秘方法，只是常年服用一种叫枸杞的药草儿。"使者听罢，急忙记录下来。食用枸杞长寿，就流传到了今天。据说在山东蓬莱县的南丘村，家家户户都种着枸杞树，大家都爱吃枸杞，长寿的人很多，活到一百岁的老人就有数十个。这个村子也被人们称为"长寿村"。

那诗经中的女子，也许也是深知枸杞功能，才将对心上人的绵绵思念，寄托于枸杞采摘之中。而枸杞的神奇功效，的确是让采摘变得意义非凡。枸杞性味可升可降，除了防治眼病，还常用于治疗腰膝酸软、头晕、耳鸣、遗精等症。现代药理研究表明，枸杞含有胡萝卜素、甜菜碱和维生素 A、B1、B2、C 以及钙、磷、铁等成分，可以增强白细胞活性、防止动脉硬化、保护肝脏、抑制脂肪在肝细胞内沉积、促进肝细胞新生、提高机体免疫力，还可以降血压、降血糖、降血脂、抗衰老、止消渴、暖身体、抗肿瘤。

枸杞对于男性，效果更是奇特。她能够防治前列腺炎，能够显著提高人体中血浆睾酮素含量，并作为滋补强壮剂来治疗男性性功能减退，还能够增加精子数目，提高精子活力，治疗男性不育症等。

枸杞食用的方法颇多，可以用来干嚼、煮粥、蒸米饭、泡水、泡酒、煲汤、炖肉，等等。其中，每天直接嚼服一把枸杞，效果更好。据说，近代医学家张锡纯坚持每晚睡前嚼服枸

枸 杞

杞子约 30 克，晚年时他极力倡导用干嚼枸杞子的方法来祛病延年。

　　情义，总是深长的。而健康长寿，才能让情义绵长。枸杞，从远古走来，扬着绚红的微笑，在脉脉情长的女子手中，散发着绯红精巧的芬芳。采一把枸杞吧，等到心爱的人，送上心中的红宝石。

# 龙 眼

龙眼，又叫益智。

看到这个名字，就想多吃点龙眼了，谁不想吃些有益于智力的食物，从而更加智慧呢？

剥开那土黄色的薄薄的果壳，露出那润白的半透明的果肉，龙眼的香甜轻软便荡漾在唇齿间。在那样一个午后，有阳光从窗帘中轻轻浸进来，涌成一束圆圆的光，照在圆圆的龙眼上，那圆满的感觉，便在心底绵绵漫开。

龙眼可以益智，得益于她的养心健脾功效，一如明代医药学家兰茂撰写的《滇南本草》中所说，龙眼可以"养血安神，长智敛汗，开胃益脾"。若是有心悸、心慌、早搏、烦闷的毛病，取几颗晒干的龙眼肉，去核后放入小瓷碗中，置于刚刚煮熟的白米饭上面，再蒸上一阵，现蒸现吃。每天吃一小碗，那不适的状态就会消失了。或者，就直接把新鲜的龙眼或晒干的龙眼肉当作零食，每日随意吃上几颗，护心的效果都是很明显的。

龙眼，又叫益智，取"益人智慧"之意，性平味甘，可以养血安神、长智敛汗、开胃益脾等。

在临床上应用广泛的归脾汤，即宋代医药学家严用和在《济生方》中说到的方子，也是以龙眼肉为主，取的就是龙眼甘味归脾、能益人智的意思，同时加上炒制的酸枣仁、炙制的黄芪、焙制的白术、炙制的甘草以及茯神、木香、姜、枣等，治疗思虑劳伤心脾、健忘怔忡、虚烦不眠、自汗惊悸等症，效果很好。

因为形似，龙眼往往和荔枝一起相提并论。北宋药学家苏颂说："荔枝才过，龙眼即熟，故南人目为荔枝奴。晒干寄远，北人以为佳果，目为亚荔枝。"想那荔枝，曾经是杨贵妃喜爱的，当时就有人千方百计地将新鲜荔枝从岭南急运到长安，为杨贵妃送上。诗云"一骑红尘妃子笑，无人知是荔枝来"，说的就是这个典故。收到荔枝的杨贵妃喜笑颜开，荔枝又因此而被称为"妃子笑"。苏轼也曾作诗云："日啖荔枝三百颗，不辞长做岭南人。"这三百颗当然是虚数，不过是为了表达数目多的意思罢了，但由此可见苏轼也喜欢吃荔枝。不过，荔枝气味纯阳，其性为热，吃多了荔枝容易出现龈肿口痛或衄血等俗称"上火"的状态。多食龙眼则一般不会如此。明代医药学家李时珍在《本草纲目》中说："食品以荔枝为贵，而资益则龙眼为良。盖荔枝性热，而龙眼性和平也。"这也是龙眼能够益智的重要原因呢。

心性平和，气血和顺，方能开启智慧。

智慧，也是一种圆满。

这让我想到了圆圆的"太极图"，那两条首尾相连的黑白"阴阳鱼"中，白鱼代表阳，黑鱼代表阴，白鱼之中的黑眼睛和黑鱼之中的白眼睛，寓示着阳中有阴、阴中有阳、阴阳相合的圆满与平和，阴阳化合而生万物，正如春秋末年的哲学家老子在《道德经》中所言："万物负阴而抱阳，冲气以为和。"如此，圆融，通达，交流，和谐。

而这样食用龙眼，也才会像中国现存最早的药物学专著《神农本草经》说的那样，"强魂聪明，轻身不老，通神明"。于是，春生，夏长，秋收，冬藏。

其实我真的很喜欢在午后的阳光里，慵懒地靠在椅背上，舒适地眯缝着眼儿，什么都不想，只看着那透过树梢儿的阳光，慢慢把自己的心头照亮。

龙　眼

而我的眼前，盛着一小碟龙眼，她用她的清芬和明净，缓缓地
把我缠绕。

龙　眼

# 柚 子

　　"树树笼烟疑带火，山山照日似悬金"，在唐代诗人张彤的诗中，柚子，似一只饱满的壶，黄灿灿地立在那里，敦厚，朴实。

　　她常常和橘子、石榴一起，被人们种在房前屋后，构成一幅和美的田园风光画，"园林红橘柚，窗户碧潇湘""兼葭淅沥含秋雾，橘柚玲珑透夕阳""绿柚勤勤数，红榴个个抄""露浴梧楸白，霜催橘柚黄"，等等，真是道不尽的安详时光。

　　因此，柚子就成为重阳、中秋、春节、元宵等传统佳节常备的佳果。她浑圆的外形，象征团圆。她和庇佑的"佑"同音，柚子即佑子，有着吉祥的含义。她皮厚耐藏，一般可存放三个月甚至更长而不失香味，被中外水果专家称为"天然水果罐头"，富含长久之意。

　　我喜欢吃柚子。那一瓣瓣晶莹剔透的柚肉，寒凉无毒，性味甘酸，肉质脆嫩，口感极好。她能够理气化痰、润肺清肠、补血健脾，含有类似胰岛素成分，有降血糖功效，有益于糖尿

柚子，即佑子，与庇佑的"佑"同音，含祥和之义，能润肺清肠、补血健脾等，又称"天然水果罐头"。

病、心脑血管疾病和肥胖症患者，还可以促进伤口愈合，治疗败血病、抗癌。

在古代，柚子常常作为贡品供奉朝廷。古籍中对柚子的描绘也非常迷人，"其色白味清香，风韵耐人"。柚子的表皮富含精油，古代女子们喜欢把柚皮熬成汤汁之后加到洗澡水中，不但具有美容美体效果，还能防止蚊虫的叮咬，因为蚊虫不喜欢柚子的香味。在清朝皇宫中，还有专人采集柚子的花，用来提炼香精制成美容护肤的油脂，供妃子们化妆时使用。明代医药学家李时珍认为柚花可"蒸麻油作香泽面脂，长发润燥"。

可见，柚子确实是全面的，形象、意义、内涵俱佳，柚肉、柚子皮、柚子花皆有用。特别是从剥柚子皮到吃柚肉，这个看似平常的过程，更让人感觉到柚子的深度和厚度。柚子的果肉是并不多的，食用完毕之后剩下的那个厚厚的柚子皮，越发积聚成一份不舍的情感，恰似某一种情怀，柔软、湿润，会突然在某个时刻触动心灵，令人感慨万千。

故而，我不会随意丢弃柚子皮。我爱把柚子皮放在冰箱的角落，让她作为冰箱的除臭剂。柚子皮的清香可以有效地消除冰箱中的异味。我还喜欢把柚子皮洗净，将皮和内层白髓切成丝，煮沸后加入蜂蜜，制成蜂蜜柚子茶。在韩国和日本，蜂蜜柚子茶一直被称为能够将黑色素斩草除根的食品。这样的茶可以清热降火、美白祛斑、嫩肤养颜，尤其适宜那些在办公室里天天面对电脑的辐射、气色暗淡的白领女性。

柚子皮还可以和红薯糖合成柚子糖。柚子糖的制作比较复杂一点，先要把一种很甜的红薯煮熟、压碎，加水滤去渣留下汁水，用旺火烧开后，再改小火慢慢熬成晶莹透亮的红薯糖，然后加入洗净晒干的柚子皮同熬，通过不断搅拌，让柚子皮吸入糖浆，将干未干之时，便形成了柚子糖。柚子糖呈红棕色，有着黏黏的丝。她和蜂蜜柚子茶一样，于清甜之中，透出一丝若有若无的清苦，可以温中和胃。在饥饿的年代，她的饱腹作用尤其明显。

所以，当看到一棵柚子树，开出洁白的柚子花，我总爱闻着花香，想象她结出来的柚子的模样儿。当面对一个完整的柚子，我又常常舍不得马上去剥开柚子皮。我总是先把柚子捧在手里，感知一下她沉甸甸的分量，再细细欣赏她圆润的线条、饱满的色泽和光滑的皮肤，然后，放在家中保存一段时间。

而立在风中的柚子，早已给予我们无限的温暖和关怀。她的一切，都透出人生广阔深厚的滋味。

# 树影婆娑

SHUYING POSUO

　　没有什么比挺拔、沉稳、伟岸的树儿更激动人心。扎根在饱满厚实的土地上，远远近近，高高低低，宛若相爱的人，根，紧握在地下，叶，相触在云端。那铜枝铁干，像刀，像剑；那茂叶繁花，像清脆的呼唤，像英勇的火炬。他们延年、益寿、辟邪、强筋骨、壮体魄、治疼痛，磅礴大气，而又楚楚动人。

药草芬芳

# 香樟树

　　我家阳台的大花盆里，落入了一粒樟树种子，不知是被哪只鸟儿衔来。樟树慢慢长高长大，伸出了阳台外。我喜欢这样生机盎然的植物，任她长着，时常为她浇水。只是，我并没有觉得她有多么美多么香。

　　直到那一天，远远地看到湖南攸县柏市镇的那棵樟树，我的心头突然涌上一阵惊喜。我没有想到，樟树，竟那样美那样香。

　　我走近她，张开双臂拥抱她。只是，我一个人大约只能抱住她树干的四分之一。她是一棵千年古樟，敦厚，结实，高大，俊秀，树冠的形态呈圆球形，宛若一只巨大的伞，在天空中画出优美的曲线，荡漾在油绿圆润的树叶间。

　　我轻轻地抚摸着樟树的树干，那质地均匀的树干上纹路清晰，想到明代医药学家李时珍在《本草纲目》中说她"其木理多文章，故谓之樟"，她确实是大有文章的。她没有斑斑驳驳和曲曲节节，她的树枝树干一分为二、二分为四地一路长去，

香樟树，辛温无毒，因芳香而木理多文章，故谓香樟，能杀菌、消毒、消炎等，寓意着避邪、长寿和吉祥如意。

不会偷工减料也不会画蛇添足。难怪学美术的人喜欢用她做写生对象，木雕艺人也青睐她细腻的质地。

脸儿贴近樟树，我闻到了特别的香。因为这份特别，她还被叫作香樟树。她的传说也和这份特别有关。相传，天上的嫦娥耐不住月宫的寂寞，与玉兔偷偷地溜下凡间，在青山绿水之间嬉戏。一不小心，嫦娥的香囊掉在了河水边。一只山鹰嗅到香囊的香气，叼走了香囊。山鹰在河的上方一路飞过，越飞越高，所到之处，香气弥漫，并渐渐凝聚，变成了许许多多纹理清晰的树。奇特的香气和纹理，让人们把她叫作香樟树。

这样一种特殊的香儿，可以驱虫，所以香樟树是不需要园丁喷洒农药的。民间还喜欢用六块整板樟木做成箱子。那箱子散发的香樟味儿，绝不会让里面的物件生虫变质，是存放毛料、衣被的极好储柜。哪怕几十年后打开木箱，也会樟香扑鼻。因为可以杀菌消毒消炎，香樟用途广泛，做成床、柜子、凳子等家具，会令室内生香，提升空气质量；做成鞋子，可以祛除脚气。用樟树叶、皮、根煎汤，可以治疗皮肤病，用樟木屑煎浓汁或以酒煮服可以治疗霍乱。唐代医药学家陈藏器编著的医药学著作《本草拾遗》说用她"煎汤，浴脚气疥癣风痒。作履，除脚气"，"霍乱腹胀，宿食不消，常吐酸臭水，酒煮服"。

香樟树还被称为神树，自古就是人们祈福和表达情义的地方，树上常常被挂上红布条。据说，谁家小孩夜啼不眠，只要大人带着小孩去拜祭她，烧两炷香和钱纸，小孩就不夜啼了。常常有人在香樟树下结拜，郑重表达诚信和承诺。《本草纲目》说，"中恶、鬼气卒死者，以樟木烧烟熏之，待苏乃用药。此物辛烈香窜，能去湿气，避邪恶故也"。辛、温、无毒的樟树，确实寓意着避邪、长寿和吉祥如意。

享受着樟树的美和香，仰望着眼前这棵经过千锤百炼依然屹立不倒的千年古樟，我看到了她的生生不息、息息不止。回到家，我第一时间奔向阳台，看我的小香樟。椭圆清润的树叶和挺拔俊秀的树干，分明展示着一份内敛的光芒，最牛的高调就是低调啊。坐定莲花，淡看云卷云舒，笑对花开花落，便是香樟树的境界。

突然想到古时一些大户人家对待香樟树的事儿了。每当家中女孩出生，父母便会在院子里种上一棵香樟树的幼苗。当抱在怀里的小女孩儿变成窈窕淑女时，那棵香樟树也不知不觉长出了围墙。等到女孩儿出嫁那天，父母会将那棵栽培多年的香樟树做成精致的樟木箱，送给新婚佳人，表达幸福一辈子的浓浓祝愿。

那么，我的香樟树，你快快长大吧。

ZHUZI

# 竹 子

喜爱竹子。每次置身于竹子的世界，无论是驻足观赏还是举目远眺，都满心满眼的，特别愉悦和舒服。

爱竹，不是因为她属于松、竹、梅"岁寒三友"和梅、

竹子，性味甘淡，微寒，可以清热除烦、化痰开郁、镇惊利窍等，集美丽、高洁、实用于一身。

兰、竹、菊"四君子"之名号的瞩目，也不是因为她有歌咏千古、诗赋不断的名声；爱竹，是因为她那静静的绿，清清的碧，杆杆修束，枝枝展舒，不悲不喜，不孤不寂；爱竹，是因为在寒冬时就破土而出的她，用稚嫩的生命顶开坚硬，将独一无二的绿色伸向天空，于一夜霜雪除、贞心自束、玲珑俊玉的清骨中，展示出的有力有节、刚正不阿、高洁满腹、不落世俗的气度。

相传，古时人间是没有竹子的，竹子只生长在仙境中王母娘娘的御花园中，竹子享受清霖甘露，长得俊秀挺拔。神仙们都喜爱竹子，特别是王母娘娘，对竹子宠爱有加，她命侍女朝霞仙子照料竹子。朝霞对竹子也非常喜爱，每天悉心呵护，她常常对着竹子倾诉理想，告诉竹子人间生活的多姿多彩，以及自己对人间生活的向往。竹子随着淡淡仙风摇曳招展，仿佛在应和与支持她。朝霞终于等到了机会，这一年，王母娘娘在蟠桃会上多喝了几杯百花仙子酿的百花露，醉了。这百花露喝上一杯，神仙也得醉三天，更何况多喝了好几杯呢，至少也要醉个十天半月。朝霞决定趁机下凡，她悄悄地带了一些竹子来到了人间，她让竹子长满山川大地。人间因为有了竹子，便有了非凡之美。王母娘娘酒醒后，得知朝霞违反天规的行为，大怒，派天兵天将把她和竹子带回来。可是，天兵天将只抓回了朝霞，却无法带回那些竹子。竹子将根深深地扎在泥土里，将身躯向上翘望蓝天，昂然留在了人间。

棵棵亭亭玉立，片片付遥相依。人间的竹子就是这样，既清秀妩媚又傲然不屈。"绿竹半含箨，新梢才出墙。雨洗娟娟

竹 林

净，风吹细细香。"唐代诗人杜甫《咏竹》中清新隽永的景象令人心怡。北宋文学家苏轼在《于潜僧绿筠轩》中说"宁可食无肉，不可居无竹。无肉令人瘦，无竹令人俗。人瘦尚可肥，士俗不可医"，更是悟彻了为竹为人的品质，道透了为竹为人的情怀。

除了胸怀和气度，竹子还有很多作用，例如可以做成房屋、船舶、桌椅、席垫、餐具、文具等。竹子对于人的身体更是很有帮助，她性味甘淡，微寒，可以清热除烦、化痰开郁、镇惊利窍等。竹子全身皆为妙药：取鲜竹一段，削去外层皮刮取第二层薄皮，即为竹茹，竹茹常用于治疗肺热咳嗽、胃热呕吐、惊悸失眠、中风痰迷、舌强不语、妊娠恶阻、胎动不安等症；将鲜竹去节劈开，置火上烧烤，两端流出的黄汁，则为竹沥，竹沥常用于治疗中风、高热、惊痫以及肺炎、气管炎等疾病，现在的药店里就能买到竹沥口服液；竹节孔中分泌出的液汁凝结成的各种形状的结块，则是竹黄，竹黄通称天竺黄，常用于治疗热病神昏、中风痰壅、癫痫、小儿惊风抽搐等症，清代医药学家黄宫绣编著的研究药物学的专著《本草求真》，说竹黄"与竹沥功用略同，皆能逐痰利窍，但此凉心去风除热，治小儿惊痫风热，痰涌失音。较之竹沥，其性和缓，而无寒滑之患也"。还有竹根、竹叶、竹笋等，竹根常用于治疗产后虚烦等症；竹叶常用于治疗心火炽盛导致的习惯性便秘、高血压、痔疮、口舌生疮等病症，中国宋代官修的第一部大型医药方书类著作《太平圣惠方》（简称《圣惠方》）中介绍，以竹叶熬粥可治小儿精神恍惚；竹笋是美味佳肴，唐代医药学家孙思邈编著的中国传统医疗与保健系列著作《千金要方》中记载："竹笋味甘，性微寒，无毒，主消渴，利水道，益气力，可久食。"可见，竹笋还特别适合糖尿病患者食用，竹笋中又含有大量食物纤维，能有效地增强胃肠蠕动，适合便秘的人食用。

竹子对人体的治疗或保健作用实在是多，也许因为这一点，明代医药学家李时珍在编著《本草纲目》时，把她分列在菜、木两个部类中，竹笋单列，属于菜部，竹（包括竹叶、竹茹、竹沥、竹根等）列在木部。

"细细的叶，疏疏的节。雪压不倒，风吹不折。"看到这集美丽、高洁、实用于一体的竹子，感慨的思绪会发酵弥散成一片无边大海，漫向竹林深处。而热爱，始终不变。

真想，觅一处高地，养一片竹林，搭一屋竹楼，于阳光下，风雨中，看竹姿，听竹语，品竹味，与竹同乐。

YINXING

# 银 杏

　　银杏，真是很美的，她树型优雅，树干端直，高高地伸展着，向着天空。春日来临，她青叶嫩绿，秋天之时，她灿烂金黄。每当看到银杏树，我的心头总是涌上满满的舒坦和欢喜。

　　这素以长寿著称的银杏在地球上已生存了 1.5 亿年，她生长较慢，结果很迟，从栽种到结果要二十多年，四十年后才能大量结果。所以银杏又名"公孙树"，取"公公栽树，孙子吃果"的意思。又由于叶子呈鸭掌状、果实为乳白色，她又名鸭掌、鸭脚、白果树。

　　据传，在北宋年间，只有中国的天目山有银杏树。那时候银杏果是世间少有的珍品，专门进贡朝廷，供皇家享用。由北宋文学家欧阳修的诗："绛囊初入贡，银杏贵中州。"就可见一斑。宋仁宗见了进贡来的银杏果，觉得这东西外形像小号的杏子，"杏核"却是白色的，于是就说，这果子应该叫银杏啊。皇帝金口玉言，银杏这个名字便逐渐广为流传。

　　由于银杏名贵，历史上有名人雅士将她当作礼品馈赠。历

代文人墨客也常以她为题，饶有兴致地沉吟。北宋诗人梅尧臣
《答友人》中云曰："鸭脚类绿李，其名因叶高。"南宋诗人杨
万里也留有"未必鸡头如鸭脚，不妨银杏伴金桃"的佳句。诗
中的"鸭脚"指的就是银杏。

　　当然，银杏果不是真正的果子，而是一颗大种子。夏天，
挂在枝头的球形的银杏果是白色的；秋天，银杏叶变金黄的时
候，银杏果也逐渐变成金黄；深秋之时，银杏果金黄色的"果
肉"会变得干瘪，从中可以剥出白色像杏核一样的"果核"。
原来，金黄色的"果肉"是银杏这颗大种子的外种皮，"果核"
的白色坚硬外壳是大种子的中种皮，内种皮和种子胚胎都包裹
在硬壳里。"果核"才是古时作为贡品和现时我们食用的银杏
果，可供食用的是种子胚胎。

　　银杏的枝叶。银杏能温肺益气、止咳平喘等，有较高营养价值，因为
挺拔、俊秀和长久，还往往成为深情厚谊的象征。

可见，银杏果能够温肺益气，止咳平喘，有较高的营养价值，也许正是由于她是种子胚胎的缘故呢。一般来说，种子胚胎的营养价值都是比较高的。

银杏树

因为挺拔、俊秀和长久，银杏往往成为深情厚谊的象征。当年，欧阳修和梅尧臣的情谊，就仿佛银杏一般，流淌着隽永清雅的芳香。

欧阳修和梅尧臣心心相印，在道义、事业上互相支持。他们都是诗歌革新运动的推动者，对宋诗产生了巨大的影响，梅尧臣还是欧阳修古文运动的坚定的支持者。相传宋仁宗给银杏命名的时候，欧阳修也在场，还作诗记录了这件事，并告诉了好朋友梅尧臣。梅尧臣的家乡恰好在天目山脚下，他亲眼见过银杏树。欧阳修的话，勾起了梅尧臣的思乡之情。没过多久，梅尧臣忽然收到了一份礼物：银杏果，是欧阳修送的。作为贡品，当时的银杏果不但价格昂贵，而且很难买到。梅尧臣吃到了来自家乡的银杏果，感受到欧阳修的款款深情，特意作诗一首，回赠这位体贴细心的好朋友，表达内心的感激。诗是这样写的："鹅毛赠千里，所重以其人，鸭脚虽百个，得之诚可珍。"

真正的情谊就是这样的，平常日子，把对方藏在心中，默默念想，深深牵挂，用执着和长久与对方相亲相惜；关键时刻，出现在对方的眼中，如和煦之风，似细润之雨，给对方无限的慰藉和无尽的关怀。在彼此均拥有独立的心灵空间之时，那芬芳的纯净的沉郁的情谊之花，始终繁茂盛开，硕美如华。

银杏，就是最能如此表情达意的啊。那果，那叶，那枝，无一不透着自然的透明的繁华与热爱。所以，亲爱的，如果我们有爱，就让我们的爱，像银杏一样吧。

# 侧 柏

那天，伏案很久的我，无意中看到柏树。那介于亮绿色和深绿色之间的绿投入我的眼中，仿佛有甘泉拂过眼部。疲劳，一下子不见了。

我想到一个传说。

汉武帝年间，终南山中有一条便道，为往来客商马帮的必经之路。有一天，人们传说山中出了个长发黑毛的怪物，可以跳坑跨涧、攀树越岭，灵如猿猴，快似羚羊。于是人心惶惶，商贾非结伙成群不敢过山。消息传到县官耳中，县官怀疑是强人剪径而耍的花招，便命令猎者围剿怪物。猎者密围获之，发现捕获的怪物竟然是一位生有乌黑毛发的女子。据毛女说，她原来是秦王的宫女，秦王被灭后逃入终南山，饥寒交迫，遇一白发老翁，教她饥食柏子仁、柏叶，渴饮柏汁。宫女一一照做。初时只觉得苦涩难咽，日久则满口香甜，舌上生津，以至于不饥不渴，身轻体健，夏不觉热，冬无寒意，时逾两百多岁仍不见老。

　　这样的传说，是很有意思的。我想象着，那宫女数百年容颜不改，又能够如同仙女一般，在崇山峻岭之间飘然飞跃，那该是多么令人羡慕的场景。当初，秦始皇想方设法地追求长生不老，可惜他没有追求到，而他的宫女，竟在无意之中实现了他的梦想。

　　别有一番意味。

　　而柏树，又真有那么神奇吗？

　　通常讲的柏树，是柏科树木的总称。侧柏、刺柏、铺地柏等都属于柏科类植物。最能入药食用的，是我们常见的侧柏，又称柏树、香柏，属柏科，常绿乔木，是中国特产树木，她的种仁、叶子等均有很高的药用价值。

　　侧柏的种仁即柏子仁，又名柏实、柏子、柏仁、侧柏子，呈长卵形或长椭圆形、油润饱满、颜色黄白。柏子仁的药用始载于中国现存最早的药物学专著《神农本草经》，并被列为"上品"，称其有"主惊悸、安五脏、益气、除风湿痹，久服令人润泽美色、耳目聪明、不饥不老、轻身延年"的功效。上品为君，主养命以应天，无毒，多服、久服不伤人。明代医药学家李时珍在《本草纲目》中亦云："柏子仁性平而不寒不燥，味甘而补，辛而能润，其气清香，能透心肾，益脾胃，盖仙家上品药也，宜乎滋养之剂用之。"

　　原来，"安"是侧柏的精髓。例如，能够补气养血、宁心安神的中成药柏子养心丸也是以柏子仁为主，配以枸杞、麦冬、当归、党参、枣仁等中药精制而成的，主治心气虚寒、心悸易惊、失眠多梦、健忘等症。

侧柏，柏科类植物，又称柏树，种仁、叶子等均有很高药用价值，能主惊悸、安五脏、益气、除风湿痹等。

侧柏的叶子，也有着安然的风采。新鲜的时候，她不像有的树叶一样，总是有着微微的梗细细的杈，刺刺地难以平整。

她是光滑的，细腻的，柔润的，摸在手心里，如丝，如玉，似乎可以和肌肤融为一体。加工成药材之后，她的颜色变成了灰黑，那形状依然清晰明了，闪着安静的睿智的光。难怪，侧柏叶可以润泽肌肤、养发生发呢。北宋医药学家唐慎微所撰《证类本草》里的《梅师方》中就特别介绍说，将侧柏叶阴干，研成粉末，和着麻油涂于头皮上，可以促进头发再生。

侧柏，就是这样熨帖的啊，她并非长生不老之神药，她的功效讲究的是一个"安"字。清代医药学家徐灵胎曰："柏得天地坚刚之性以生，不与物变迁，经冬弥翠，故能宁心神敛心气，而不为邪风游火所侵克也。人之生谓理之仁，仁藏于心。物之生机在于实，故实亦谓之仁。凡草木之仁，皆能养心气，以类相应也。"

遥想那传说中的宫女，进入深山得柏仁、柏叶保住性命后，那颗经历磨难的心，也一定会比在森严复杂、钩心斗角的皇宫里要从容和平静。心神安定了，才能够得道、自在、逍遥。

是的，要想身心康健，安心，养心，才是最重要的。心正，心静，气才顺，血方足；气血和顺，身乃健。立于世间，方能成为真正大写而长久之人。可惜，历代帝王君主，乃至现在的很多人，都不懂得这个道理。

而侧柏，这样一个经冬不凋、苍翠大气、坚毅挺拔的生命，是令人深深敬重的。因为能够禀承天地之正气，她便有了正气存内、邪不可干的傲然与昂然。"柏之性不假灌溉而能寿也"，凭借自身的顽强、正直与不畏，侧柏构筑了一个永不衰老、唯美绚丽的神话。

# 红豆杉

那天，当红豆杉出现在我的眼里，我忍不住一阵欢喜。我一路小跑着，奔向她的怀抱。

那是一个春光正好的早上，我认识了这棵在湖南攸县柏市镇生长了 3600 年的红豆杉。她以雍容华贵的气度屹立在山坡上。姿态伟岸，树干高大。树皮上布满青绿色苔藓，温润清爽，枝叶与柏树叶有几分相似，碧绿油滑。

红豆杉又名紫杉，杉树的一种，她属于浅根植物，主根不明显，侧根发达。立在她身边，我轻轻抚摸她的树皮树叶，仿佛在同一位智者仁者交流。树儿，都是精灵儿，她的悟性、灵性和通达、透彻，非一般人能及。我喜欢这样根深叶茂的树，特别是红豆杉这样长寿的树。

因为长寿，她的果实，那鲜红浑圆、晶莹如珊瑚的红豆被赋予了无限的深情。唐代诗人王维的《相思》"红豆生南国，春来发几枝？愿君多采撷，此物最相思"，将这份深情诠释得生动具体。是的，只有这在地球上已经生存了上千万年的树

儿，才配寄托天长地久的
情谊。

　　红豆杉又是雌雄异
株，就更加懂得相思的含
义。雌雄异株是指在具有
单性花的种子植物中，雌
花与雄花分别生长在不同
的株体。山林中，红豆
杉们雌雄相间，守望，相
助，以优美单纯的情怀。

红豆杉能净化空气，茎、枝、叶、根、果等都
有药用价值，但不能当保健品和食品原料使用。

就像诗中说的，"我喜欢默默地被你注视默默地注视你，我喜欢
深深地被你爱着深深地爱着你"。在零下 6℃到高达 41℃的环
境里，他们都能生长良好，四季常青。

　　只是，相思，宛若飘飞的星星，不是每个人都能看到她的
光辉。"一梦千年，谁与我执手红尘，许一诺不离不弃"的真
谛，也不是每个人都能领会。有些人爱把红豆杉的果实当零食
吃，或把树皮、树叶泡酒煮茶饮用，认为可以养生保健。其实，
红豆杉的茎、枝、叶、根只是有药用价值，但却不能当保健品
和食品原料使用。她的提取物紫杉醇是有效的抗癌物质之一，
可以影响癌细胞的分裂增殖，作用于细胞壁上的微管使其断链，
进而遏制其生长。但是，她也同样能影响正常细胞的分裂，从
而可能影响到人体的正常机能，使人体出现骨髓造血功能被抑
制、血小板数量下降、白细胞减少、心动过缓、心脏骤停等病
变，甚至会导致死亡。就像不能用吃青霉素来预防细菌感染一

红豆杉

样，食用紫杉醇防癌无异于大热天穿棉袄来防止太阳的辐射。

　　而且，古代医药学著作把药物分为上品、中品和下品，杉被中国历代医家陆续汇集而成的医药学著作《名医别录》列为中品，中品为臣，主养性以应人，无毒有毒，斟酌其宜，可遏病补虚羸。只有被列为上品的才可以养生，上品为君，主养命以应天，无毒，多服、久服不伤人，可轻身益气，不老延年。而作为中品的杉则只能"斟酌其宜"了。

　　更何况，要收集到足够的紫杉醇也非易事，因为它更多地存在于红豆杉的树皮里。红豆杉生长非常缓慢。据说她出苗后前两年里每年增高不足 10 厘米，树茎增粗不到 2 厘米，自第三年起生长速度才会稍快一点。随意剥取树皮，对红豆杉的危害很大。缺了树皮，树叶经光合作用产生的有机养分运往树根的运输通道就断了，树根会得不到营养而枯萎，树叶又会因为得不到来自树根的水分而消亡。因此，现在的科学家们正试图用细胞培养的技术直接从细胞中获取紫杉醇。

　　所以，对于红豆杉，不要单相思。相思，须得两情愉悦，方为最好。若真想相依，就住在有红豆杉的地方吧。据调查，很多居住在红豆杉周围的人，平均寿命都比较长，很少有人患失眠、高血压、糖尿病、乳腺炎、前列腺炎、癌症等疾病。这主要得益于红豆杉能够净化空气，吸收二氧化硫、甲醛、苯、二甲苯等有毒或致癌物质。

　　想到这儿，再看那棵 3600 岁的红豆杉，她的脚下，自然脱落了几块树皮和几片树叶，我轻轻捡拾，托在手心。我知道，有一双宽厚、温暖、长久的手握住了我的手。

# 香椿树

　　春天的时候，香椿的芬芳会慢慢地飘入人们心田。春意如水的流光中，香椿树挺立着，叶厚芽嫩，高高飘扬。

　　香椿是一种多年生落叶乔木，内涵丰富，蕴意深刻。战国中期思想家、哲学家、文学家庄子曾经说"上古有大椿者，以八千岁为春，八千岁为秋"，可见大香椿有多么长寿，因此古人用大香椿来比喻父亲，盼望父亲像大香椿一样长生不老，还把"椿"与"庭"合为"椿庭"，尊称父亲为"椿庭"，沿用至今。当年，春秋时期思想家、教育家、政治家孔子的儿子孔鲤怕打扰父亲思考问题，常常"趋庭而过"，快步走过自家的庭院，并常常趋庭接受父亲的训导，"庭"便取自这个典故。想那庭中，一定有一棵茂然生长的香椿树吧。为男性长辈祝寿，也尊称"椿寿"。

　　所以，香椿树很早就成为健康、平安、幸福、自然的象征。香椿木被视为灵木，又称"辟邪木"。得一香椿木放在家里，能兴家旺业、有益健康。古时候，每家每户盖房子都要用一块香椿木，大到房梁小到一个房梁木榫都一定要用到，以辟邪、镇宅、保平安。香椿木也是一种优质的木材，树干通直、色泽红润、纹理清晰、气味芳香、材质坚硬、不易开裂、非常耐腐蚀及防虫蛀，是制作高档家具及工艺品的上好木材，素有

香椿树，常用来比喻父亲，是健康长寿的象征，能清热解毒、健胃理气、润肤明目等，被誉为"百木之王"。

"中国桃花心木"之称，可与上等红木相媲美。传说八仙之一的吕洞宾在单州赛仙台谪居时，也常常以香椿木为枕。

春暖花开之时，邀三五好友小聚于香椿树下，赏椿树，闻椿香，采椿芽，实在是一件惬意的事儿。寓意良好的香椿树还颇具营养价值和药用价值，叶、干、皮、根都有用，全身为宝，香椿曾与荔枝一起成为南北两大贡品，深受皇上及宫廷贵人的喜爱，还被称为"树中之王""百木之王""百木王"。相传在很久以前一个王者争雄的年代，一位皇帝战争失利被人追赶，孤身逃入深山老林，整整七天粒米未进，最后一天他已经精疲力竭，抱着满心的不甘和无奈躺在一棵树下。奄奄一息间，一丛树枝落在他头部，几片树叶飘在他嘴边，他无意识地咀嚼树叶，竟觉得味道鲜美，唇齿生香，于是他扶着树站起来摘下树叶大嚼，吃了一阵，发现自己不但摆脱了饥饿，而且还能够行动了。这树，就是香椿树。随后的几天里，这位落难皇

帝以香椿树叶为食，恢复了体力，走出了山林，最后东山再起，夺取天下。坐稳龙椅后，他大封有功之臣，还想到当年在山林里命悬一线的经历，又昭告天下，封赠香椿树为"百木之王"。

"椿木实而叶香可啖。"把椿芽做成各种菜肴，是人们在春天里爱做常做的事儿。早在汉朝，人们就开始食用香椿树的嫩芽了。椿芽炒鸡蛋、椿芽炒竹笋、椿芽鸡脯、椿芽拌豆腐、椿芽拌三丝、椿芽拌皮蛋、椿芽拌花生、椒盐椿芽鱼、潦椿芽、椿芽煎饼等等，全有香椿嫩芽的身影。这绿叶红边的"树上蔬菜"，精致而鲜嫩，既有玛瑙的风姿，又有翡翠的色调，香味浓郁，含有维生素 E、维生素 C、胡萝卜素、性激素物质等，入肝、胃、肾经，具有清热解毒、健胃理气、润肤明目、补阳滋阴、增强机体免疫功能、抗衰老、杀虫、止痢、止崩等功效。

还可把那摘下的椿芽儿，夹在书页中，椿芽儿的香便会和在书的墨香中。手指轻翻书页，丝丝缕缕的香儿便在指间、眼里轻轻展开，慢慢徜徉。

满目成香，满心留芳。香椿树的情怀，和岁月一样绵长。

# 杜 仲

杜仲，是既多情，又坚强的。

这高可达 20 米、胸径约 50 厘米的落叶乔木，有着独具特色的内皮，她的树皮里遍布银色的丝，丝丝缕缕，仿佛缠绵悱恻的情思，又如坚韧绵延的筋骨。

所以杜仲又有丝连皮、扯丝皮、丝棉皮、玉丝皮的称呼，真是恰如其分。她树干很直，长到大约超出一个成人的高度之后，才开始分枝并长出椭圆形或卵圆形的绿叶儿。她的树皮是中国名贵滋补药材，味甘，性温，能够补益肝肾、强筋壮骨、调理冲任、固经安胎，治疗肾阳虚引起的腰腿痛软或阳痿遗精、肝气虚引起的胞胎不固以及阴囊湿痒等症。被中国现存最早的药物学专著《神农本草经》列为上品。上品为君，主养命以应天，无毒，多服、久服不伤人，可轻身益气，不老延年。

杜仲还很耐严寒，成株在 -30℃ 的条件下都可正常生存。凛冽的寒风中，都可以看见她昂然挺立的身影。也许是因为有着这如水般的坚强，杜仲独具了道骨仙风，还被称为思仲、思

杜仲，能补益肝肾、强筋壮骨、调理冲任等，她的树皮里遍布银色的丝，宛若隽永恒久的情义。

仙等。根据中国古书记载，古时候有位名叫杜仲的大夫，在某一天进山采药时，偶然发现一棵树的树皮里有像"筋"一样多条白丝的"筋骨"。他想，人若吃了这"筋骨"，会不会也像树一样筋骨强健呢？他决心尝试一下。连着吃了几天，不仅没有不良反应，反而感觉精神抖擞，腰、腿也变得强健有力了。又服用了一段时间，奇迹出现了，他不仅身轻体健，头发乌黑，而且得道成了仙人。人们知道了这件事情后，就把这棵树叫作"思仲""思仙"，后来干脆将它唤作了"杜仲"。明代医药学家李时珍也说："昔有杜仲服此得道，因以名之。思仲、思仙，皆由此义。"

杜仲就是这样，浑身都是宝，树叶中含有的有机化合物品种高达 200 多种，和树皮一样，都有很高的医药价值，都可以清除体内垃圾、加强人体细胞物质代谢、防止肌肉骨骼老化、平衡人体血压、分解胆固醇、减少脂肪、恢复血管弹性、提高白血球数量、增强免疫力，都被广泛地应用在现代疾病的治疗中。杜仲是世界上最高质量的天然降压药物，可作为糖尿病及肥胖症患者理想的食疗用品。把杜仲皮或杜仲叶，分别加入山楂果、银杏叶、白菊花、夏枯草，用清水煎煮后代茶饮，可以预防和治疗高血压、高血糖、高血脂这现代人易患的"三高"症；将杜仲、枸杞子、栗子和大米一起煮粥，作晚餐食用，不但有助于降压暖胃，还有一定的安定心神、益气健脾的功效。

杜仲的情义是隽永恒久的，她的树皮被剥脱后来年还会继续生长，依然长出银色的丝，依然以温柔的身段展示着坚强的本心。所以，在远古时期，人们对杜仲情有独钟。春天来临的时候，他们常常爱采摘一些新鲜的杜仲叶儿，夹在丝帛玉锦中，赠送给自己倾心的人儿，表达坚定、绵长、深厚的情谊。

而杜仲，早已在不断的修炼中，更低调，更柔软，更强大，更坚固，她沉默着，坚挺着，不惧怕一切邪毒。

杜 仲

# 杨 柳

朋友说要去镇远，我瞬间飞到了那幅灵动隽永的图画里。

微微拱起的小桥、清清流淌的河水、高高挂着的大红灯笼，一下子向我袭来，迅速，猛烈。那层层叠叠的画面里，清晰地生长着青青着地垂的杨柳儿，她在乌篷船停靠的地方，在灯火阑珊处。

那里的杨柳儿，真是好看。不必说婀娜的身姿，俊逸的模样；也不必说清风过处，花絮漫漫搅天飞舞，仿佛要冲到云霄里去了。单是看柳叶，就很精致。叶头叶尾叶身，精巧分明，绿色中泛出晶莹的光。难怪人们把灵秀的眉毛称为柳叶眉，把医学上用来做手术的小刀称为柳叶刀，那都是非常精细的东西，毫厘不差的。柳叶，真像一个标准的测量仪。

杨柳确是全能的，柳树皮能够解热镇痛，柳叶可治足跟疼痛，柳枝是中医传统的接骨妙药，柳根能消肿止痛，柳絮可以治牙痛。她最让人熟知的，是她和治疗发热或疼痛的药物阿司匹林的关系，阿司匹林的发明起源于她。聪明的人儿常常善用

　　杨柳是全能的，树皮、叶、枝、根都能药用，治疗发热或疼痛的药物阿司匹林的发明起源于她。

杨柳，有点这样那样疼痛的小毛病，他们是不会去看医生的，自己用杨柳整一整，就好了。镇远那乌篷船里的艄公，更是爱杨柳，他们的船里，时时备有一枝枝的柳条。

我就在那样一个盛夏的夜晚，坐在停靠在岸边的乌篷船上，在船头煤油灯闪烁的亮光里，看杨柳儿。我看见杨柳在流金般的光彩里，生机盎然。我想起了《诗经·小雅·采薇》中"昔我往矣，杨柳依依"这样令人荡气回肠的诗句。从古至今，杨柳都有一种优雅的伤怀之美。柳与"留"谐音，人们常用折柳相赠、系柳相依这样的形式，表达留恋、难舍和永不分离的意思。在绵长情意中，杨柳儿已经升华为审美传统中的一个典型意象。

"袅袅古堤边，青青一树烟。若为丝不断，留取系郎船。"

杨　柳

在唐代诗人雍裕之的《江边柳》中，我看见柳叶儿，在烟波浩荡的水面，伸展，徘徊。她始终是在向前飘飞的，她会飘向哪里呢？会不会飘向袅娜女子心目中的他？

朋友去的时候，立冬刚过，雨丝不断，仿佛在应和着杨柳儿的温柔缠绵，让人不禁想起了清代诗人厉鹗的《杨柳枝词》："玉女窗前日未曛，笼烟带雨渐氤氲。柔黄愿借为金缕，绣出相思寄与君。"那笼烟带雨的柔美的杨柳儿，朋友应该看到了吧？

杨柳儿，处处都有，我却独独把镇远的杨柳，牢记在心。是因为镇远那条始终流淌着的会唱歌的河？还是那河上深情的或开动或停泊的乌篷船？或者，是那乌篷船上闪亮或沉静的笑盈盈的煤油灯？

我不知道。

我只知道，因为有了那河，那船，那灯，杨柳才仪态万方，更见风致。在慢悠悠的清闲中，我仿佛看到行色匆匆的朋友，身后，风随柳动，带动了，一树的柳花。

# 花 椒

　　我到达四川绵阳盐亭的时候，我的朋友们刚刚离开。

　　我看到他们在那座形似一枝巨大毛笔的笔塔前，站成一排，留下了定格的照片。他们的身旁，是大片大片繁茂盛开的花椒树。他们或沉稳或儒雅或憨厚的面庞上，闪耀着宛若椒目一样清亮深长的光芒。

　　我知道，我会看到这样的花椒树，这种树干、枝叶、果实都具浓郁辛香的落叶灌木或小乔木，我会看到她红得妩媚的果皮椒红、黑得清亮的种子椒目。这盛产于中国蜀地（即现在的四川）的花椒，又叫蜀椒、川椒、巴椒。明代医药学家李时珍说："蜀椒肉厚皮皱，其子光黑，如人之瞳人，故谓之椒目。"而盐亭这因境内多盐井、盐卤出产丰富而得名的地方，有了花椒的相伴，更是别具情怀了。将花椒粒炒香后磨成粉末加入炒黄的盐而制成的调味品椒盐，也以盐亭产的质量为最佳。

　　穿过玉带城门，这高 10 米左右、由约千根石条垒砌而成的厚重而威严的盐亭老城门，在那长在城墙上的郁郁葱葱的黄椆树和桑树的注视下，我开始自己的旅行。沿途不时遇见一棵棵花椒树，她们对我舒展着笑颜。"欣欣笑口向西风，喷出元珠颗颗同。采处倒含秋露白，晒时娇映夕阳红。"

花椒，真是璀璨的呀。我第一次在四川成都一家饭馆的一道道菜上见

花椒是纯阳之物，味辛而麻，气温以热，入肺散寒，入脾除湿，入右肾补火，可以制成"花椒酒"。

到她时，便忍不住被深深吸引，在菜面上的油光中，一层层的花椒粒像闪烁的星星。只是，当我很快乐地将这样的星星送入口中后，才发现自己竟一下子就被麻得晕头转向，不知今夕是何年。作为"纯阳之物"，花椒"味辛而麻，气温以热"。不过，熬过那晕乎乎的混沌时光，便觉浑身通透舒爽了，这正是花椒的妙处，她可以开胃、健脾、提神、清心，还因为"禀南方之阳，受西方之阴"，又能够"入肺散寒，治咳嗽；入脾除湿，治风寒湿痹，水肿泻痢；入右肾补火，治阳衰溲数，足弱久痢诸症"。

花椒也生长于中国多个地方，在古代，花椒最初是楚人用作敬神辟邪的香物，还被合泥涂于房室墙壁，起到温暖居室、消除恶气的作用，寓意子孙后代都像花椒树一样旺盛。楚人又首开椒酒之风，即用花椒制酒，战国时期民间就有在农历新年饮用椒酒的民俗。"奠桂酒兮椒浆""播芳椒兮盛堂"，战国末

期楚国诗人屈原在《九歌》中记载了这些盛景。后来，花椒成为互赠的礼品，"视尔如荍，贻我握椒。"《诗经·陈风·东门之枌》这首描写男女青年在秋日盛会中欢欣鼓舞、相互赠答的诗句，真是令人欢喜：我爱你荆葵花的艳丽，你赠我花椒的芬芳。

多么浓烈，多么美！

唐代道家、纵横家赵蕤与诗人李白的深厚情谊也是这样透着花椒的独特芬芳的。赵蕤是四川盐亭人，李白是四川江油市人，李白对著有论王霸之术的《长短经》的赵蕤极为推崇，跟随他学习帝王学和纵横术，师承他的儒家风范、道家思想和豪侠性格，且青出于蓝而胜于蓝，时称"赵蕤术数，李白文章"，是唐代的"蜀中二杰"。这两位同乡常常互赠花椒，同品椒酒，都爱把椒盐撒在食物上享用。有一次，赵蕤伤风感冒卧床，李白就特意用花椒浸酒，为赵蕤治好了伤风。制作的方法被中国最早的制药学专著、南北朝刘宋时期医药学家雷敩著的《雷公炮炙论》记录得很详细："凡使南椒须去目及闭口者，以酒拌湿蒸，以巳至午，放冷密盖，无气后取出，便入瓷器中，勿令伤风也。"

在檬子垭牌坊这座建于清代的中国独一无二的字库和牌坊的结合体不远处就餐时，我看到一桌游客喝起了花椒酒，他们的脸上洋溢着孩童般天真无邪的笑容。他们用四川方言，说着，笑着，举杯，相碰，令人不禁想起了宋代诗人范成大的"西地东风劝椒酒，山头今日是春台"。欣欣然、欢欢然的推让、交融，像川剧在流淌。

　　我很少喝酒，却喜欢看他人喝酒的场面，热烈，温馨，无思无虑，其乐融融。很多平常难以倾诉的话语、羞于表达的情感，在酒的鼓舞和感染下，都可以瞬间透彻地、畅快地表达。有什么比酒更能助力助兴的呢？更何况，还是花椒酒呢，可以温中散寒、活血止痛。把酒言欢至微醺之时，身体，是愉悦的，心里，也开出了一朵清润的花儿。

　　阳光依然明媚的时候，我到达笔塔，我终于看到了那片花椒树，她们长在笔塔这座建于清代光绪十四年间，不仅是四川境内一座建造特殊的砖塔，也是盐亭县城内最耀眼的古文化标志的旁边。她们和我的朋友们，站在一起。

　　我突然觉得非常感动。我知道，那样的站立，透出一股英武之气，仿佛扎根于遥远的地平线上，并在广袤天际中，傲然盛开。

# 茱 萸

　　"万物庆西成，茱萸独擅名。房排红结小，香透夹衣轻。宿露沾犹重，朝阳照更明。长和菊花酒，高宴奉西清。"在北宋初年文学家、书法家徐铉这首《茱萸诗》中，茱萸的风味，呼之欲出。

　　她是俊俏的。北宋药学家苏颂说她："木高丈余，皮青绿色。叶似椿而阔厚，紫色。三月开红紫细花，七月、八月结实似椒子，嫩时微黄，至熟则深紫。"明代医药学家李时珍说她："枝柔而肥，叶长而皱，其实结于梢头，累累成簇而无核。"气味芳香的她，以绿树红花，以及像花椒子般圆润繁累的果实，构成了一幅中国画，朴素而不失灵动地渲染着，缓缓地浸入人们的心田。

　　她更是独特的，别有内涵。在九月初九这天，人们喜欢采摘她，佩戴她，跟亲人一起登高远眺，还常常把她挂在房前屋后，作为消灾辟邪之物。被称为大道之源、群经之首、设教之书的经典著作《周易》，诠释了九月初九，即奇数为阳、偶

　　茱萸，即吴茱萸，性味辛温，可以温中下气、止痛开窍、逐风邪、开腠理等。

数为阴、九是属阳、日月逢九、二阳相重而称为"重阳",有"双阳、长久"的寓意。

"独在异乡为异客,每逢佳节倍思亲。遥知兄弟登高处,遍插茱萸少一人。"唐代诗人王维的《九月九日忆山东兄弟》让茱萸变得耳熟能详。王维家居蒲州,在函谷关与华山之东,所以题称"忆山东兄弟"。写这首诗时他只有 17 岁,大概正在长安谋取功名。一个天才少年在重阳佳节用质朴、纯实、清澈的语言将对亲人的思念写成的诗,击中了人们内心最柔软的地方。千百年来,作客他乡的人只要读到这首诗,都会有潸然泪下的冲动。故乡何在?亲人安好?归乡之路,有多么遥远?思念之情,该如何安放?

透过蒙眬的泪眼,我看到茱萸在长空斜阳中飘然而立,仿佛空着盈盈玉手,等待懂她的人,惜心来握。

而茱萸消灾辟邪的说法则可追溯到汉代。

某一天,汝南(现河南省驻马店市汝南县)的得道方士费长房对他的徒弟、同是汝南人的桓景说,九月初九你家会有大灾难,你要让家人各自做好一个彩色的袋子,里面装上茱萸,到九月初九时,你们要将茱萸袋缠在手臂上,登到高山上,饮下菊花酒,这个灾祸便可破解。跟随费长房学道多年的桓景深信不疑,一家人便在九月初九这天清晨遵嘱而行。傍晚回到家,发现家中的鸡犬牛羊都已死亡。全家人感慨万千,庆幸听从费长房的教导才得以安然无恙。茱萸辟邪消灾的作用就深深地印入了桓景的脑海里。

这个故事记载于南朝梁时期的文学家、史学家吴均撰写的古代中国神话志怪小说集《续齐谐记》中，并被李时珍的《本草纲目》收录。虽然带有"传说"的性质，但人们对于茱萸祛病辟邪、祈福求吉的神奇功效却从不怀疑。

西汉思想家、文学家、淮南王刘安撰写的有关物理、化学的重要文献《淮南万毕术》也说："井上宜种茱萸，叶落井中，人饮其水，无瘟疫。悬其子于屋，辟鬼魅。"而性味辛温的茱萸，除了可以温中下气、止痛开窍、除湿血痹、辛香暖肺、逐风邪、开腠理之外，还是有小毒的。有小毒，却可辟邪毒，是不是应了以毒攻毒这句话呢？她，是真真切切地被称为"辟邪翁"的。

尽管"辟邪翁"带了"翁"这个字眼，但我更多地想把茱萸看作一位仙气十足的女子，于娉娉袅袅之间，暗香袭人之时，霓袖飞逸，花指轻弹，邪毒和灾难再也不见，天下幸福无限。那才是华美和瑰丽璨然迸发的场景，会生生炫疼多少眼睛、惊艳多少情怀啊。而茱萸也确确实实地被称为吴茱萸的，唐代医药学家陈藏器说："茱萸南北总有，入药以吴地者为好，所以有吴之名也。"她果然是出现在轻言软语的吴地方言中，果然可以伴随着低低切切的温柔，还被唤为"吴仙丹"。

当然，吴茱萸的产地不仅限于吴地，在蜀汉都有很多。茱萸类植物还有山茱萸、食茱萸，吴茱萸与她们从形状到功效都是不同的。食茱萸"高木长叶，黄花绿子，丛簇枝上。味辛而苦，土人八月采，捣滤取汁，入石灰搅成，名曰艾油，亦曰辣米油，始辛辣蜇口，入食物中用"。她多做调味品，临床上使用较少。山茱萸"叶如梅，有刺。二月开花如杏。四月实如酸枣，赤色。五月采实"。果实有核，可以温中逐寒湿痹，补肝肾，性味酸平，无毒。

所以，当金秋来临，我们要记住吴茱萸。在现代，她还可以制成简便易行的方子，治疗一些慢性疾病，例如高血压。把她的果实研成粉末，加适量白醋调匀，于夜晚睡觉前，敷于两只脚的脚心，用干净的棉布包裹固定，次日取下，连敷数日，超出正常标准的舒张压和收缩压，是会一点一点地恢复正常的。平衡与和谐，仍隽永如常。

这样的奇妙，是不是又令人叹为观止？一定是的。俯仰世间，讲究的是道。道法自然，天地均安。在重阳时节，容平的光辉中，茱萸昂然挺立着，和我们一起，荣耀光华，绽放灿烂。

那时，万物清醒，敏捷欢愉。

# 有凤来仪

YOUFENG LAIYI

　　最好的爱，最暖的情，就是相亲相爱在一起。自然界的某些物种，似乎冥冥中注定难以割舍。他们或共有天然护肤、轻身益气、不老延年、令人欢乐忘忧之特质，或均可生津止渴、理气疏肝、安五脏、和心志，或同能驱除湿毒、消除瘀积、生肌肤、合金疮。双双对对，相宜相生，隽永如常。

── 药草芬芳 ──

# 狗尾巴草与牵牛花

你相信草儿会爱上花儿吗？

我相信。

爱情，是一种情绪，有灵性的生命，都会感染上这种情绪。

传说在很久以前，狗尾巴草就爱上了牵牛花。每天清晨，在微微的风中，他看着勤劳的牵牛花开出紫蓝、紫红、黄色、粉色、白色等五颜六色的喇叭形状的花，觉得满心欢喜。他总是用饱含深情的目光，远远地长久地注视着牵牛花，期待着有一天，能牵到牵牛花的手。

这样的传说真的很美好。不过，那因为穗形像狗尾、故俗名"狗尾"的草儿，要牵到牵牛花的手，是有一定难度的。狗尾巴草一般生于荒地，分布几遍东半球温带、亚热带地区，为常见的杂草，也可作牧草。他经常被拔除，即便是作为牧草，也是很快就被动物嚼掉了。而牵牛花开在田野山村，由她的俗名"喇叭花""勤娘子"，就知道她既好看又勤劳。喜爱她的人还经常把她种在自己的家门口。每天清晨，公鸡刚啼过头

狗尾巴草，因为穗形像狗尾，故俗名"狗尾"，其茎可以治疗目痛，被方士称为"光明草"。

牵牛花，俗名"喇叭花""勤娘子"，好看又勤劳，还由于叶子像狗的耳朵，被称为"狗耳草"。

遍，绕篱萦架的牵牛花枝头，就开放出一朵朵喇叭似的花儿来。晨曦中，牵牛花伸展着点缀于绿叶丛中的身姿，让人觉得别有一番情趣。

如此比较起来，绿黄色的狗尾巴草确实是普通了点，他没有荷花的清香、芍药的绰约和牡丹的富贵，基本上是默默无闻的代表，他的花语也是"不被人了解的、坚忍的、艰难的爱"，怀着无人可知的忧伤。但是，因为他的茎可以治疗目痛，也就有了亮点，得到另一个大气响亮的名字——"光明草"。也许，正像传说中的那样，狗尾巴草在那对牵牛花望穿秋水的凝视中，渐渐聚成了一种力量，就有了这样特别的功能。

眼睛，是心灵的窗户啊。心灵光辉纯净，才能换来目光的清澈明亮。

在光明草的光明之中，牵牛花依然像牛一样地忙碌着。梁代医药学家陶弘景说她："始出田野人牵牛谢药，故以名之。"她的名字真是离不开牛，连她那作为常用中药的可以泻水利尿的种子"黑丑"（即黑色者）和"白丑"（即米黄色者），都用到"丑"字，都是跟着"牛"字来的，取的是天干地支中、丑属牛之意。老黄牛一般肯干踏实的牵牛花，善意地传播着她的好看。例如，她的黑丑可以消除脸部雀斑。将黑丑研成细粉，加入鸡蛋清调均，在夜晚入睡前涂抹于脸部雀斑处，第二天清晨用清水洗去，连续使用 10 天，雀斑就会消失了。不过要注意的是，黑丑是有一定小毒的，最好不要直接口服。

时光，在静静流淌。传说中的结尾，说的是狗尾巴草终于在某一天牵到了牵牛花的手，靠的是一种别样的方式。那天，来了一群孩童，蹦蹦跳跳地穿梭于牵牛花和狗尾巴草之间。他们在快乐地玩耍。他们扯下狗尾巴草，摘下牵牛花，把草儿和花儿串在一起，做成了漂亮别致的花环。花环被孩童们挂在胸前、拿在手中、飞奔在天地之间。狗尾巴草终于牵到了牵牛花的手，他幸福得流下了青青的泪水，他如愿以偿，哪怕生命即将走向尽头。

我们都做过那样的孩童，天真，无邪。只是，我们不知道，传说里的狗尾巴草是否会在那样的时刻，向牵牛花表白，牵牛花又会接受吗？在这样一场被孩童安排的命运中，她是那样地无辜而被动。

但是，我们要选择相信，我们相信牵牛花明白了狗尾巴草的心，接受了狗尾巴草的情，她接受了一切，让狗尾巴草的爱不再是暗恋。

其实，狗尾巴草和牵牛花还真是有缘分的，他们有相爱的理由：一个是"牛"，一个是"狗"，名称相和相应，都在主人的屋檐下，日久生情，顺理成章；而且，牵牛花还有一个名字，由于她的叶子像狗的耳朵，明代周定王朱橚撰写的《救荒本草》就将她叫作"狗耳草"，"狗""狗"相惜，也算是命中注定的吧。

是的，就让狗尾巴草和狗耳草相爱吧，并且，不要因为被采摘到一起才相爱，而是同在一片蓝天下，同处一片大地中，远遥相对，默然相爱。

爱，是没有距离的。

听，空气中，流淌着他们共同咏叹的华美乐章。

# 凤仙花与凤凰

凤仙花。

写下这几个字的时候，脑海里跳出的是被凤仙花花瓣染红的指甲，在轻举慢拂之间，宛若瓣瓣花瓣抖落下来，一点一点地，惊耀了眼睛。

凤仙花又叫指甲花。她艳丽的颜色不仅能为美人的鬓间添色，更能"烂漫只教儿女爱，指甲装点锦成纹"。用凤仙花花瓣染指甲，是一件很艺术很环保的事情。把或红或紫的凤仙花花瓣轻轻研碎，任花汁沁出来，将花汁涂在指甲上，再用凤仙花的叶子包裹，以棉质细绳固定，数十分钟或几个小时，清亮光润的指甲就形成了。这样染上的指甲，颜色不易褪落，好看程度和保存时间也远远优于市面上用化学物品制成的指甲油。染有凤仙花汁的手，可以随意抓东西吃，不用担心把化学物质吃进去。

天然的东西，就是这么好。真的是"小窗儿女娇怜甚，手指争夸一捻红"。

凤仙花，因其头翅尾足俱具、翘然如凤状而得名，又叫指甲花，古人爱把她和凤凰相联，歌颂美丽与坚强。

　　而天然姿态优美、妩媚悦人的凤仙花，在中国花卉文化史上还很有名气。因其头翅尾足俱具，翘然如凤状，状如飞禽，飘飘欲仙，故被叫作凤仙、金凤仙。古代的人爱把凤仙花和凤凰联系在一起。凤凰是鸟中之王，是人世间幸福吉祥的使者，雄鸟名凤，雌鸟名凰。唐代诗人吴仁璧在《凤仙花》中吟诵的"香红嫩绿正开时，冷蝶饥蜂两不知。此际最宜何处看，朝阳初上碧梧枝"，就是把凤仙花当作凤凰的化身。碧梧枝指的是梧桐树枝，而高贵的凤凰是非梧桐树不栖的。

　　此外，清代园艺学家陈淏子的《花镜》中记载的一种一茎绽开红、紫、白、青、绿五色的凤仙花，其花瓣五色相杂，也与凤凰之"羽毛五色，声如箫乐"相吻合。宋代文学家舒岳祥在《同正仲赋凤仙花》中所写的"本爱真红一种奇，后来紫白自繁滋。青冠轻举真仙子，彩羽来仪瑞凤儿"，宋代诗人刘学箕《次刘伯益三咏韵·金凤花》所云的"鲜华五色翅飞低，不比寻常踏鹊枝"，都道出五色杂陈的凤仙花既如悄然下凡的仙子，又像翩翩起舞的凤凰。

　　形神兼备之时，凤仙更被赋予了凤凰的坚强和高贵。凤仙花生命力顽强，花期较长，可随处繁衍，房前屋后、街头巷尾皆能种植，"秋来红紫纷罗，叠砌盈阶"，并不稀奇。像南宋文学家杨万里的《夏日绝句》写的一样，"不但春妍夏亦佳，随缘花草是生涯。鹿葱解插纤长柄，金凤仍开最小花"。

　　凤仙还是凛然不可侵犯的。明代医药学家李时珍的《本草纲目》说她："自夏初至秋尽，开谢相续。结实累然，大如樱桃，其形微长，色如毛桃，生青熟黄，犯之即自裂。"也就是说，成熟的凤仙的籽荚只要轻轻一碰就会弹射出很多籽儿来。

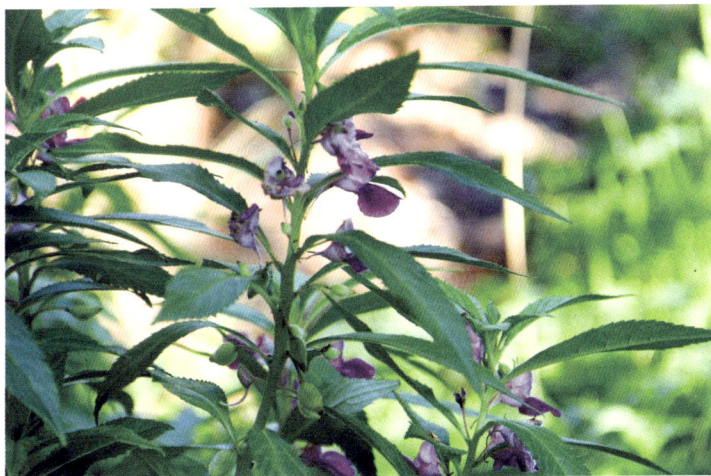

凤仙花

籽儿又性子急速，能"透骨软坚，最能损齿，凡服者不可着齿也"，"庖人烹鱼肉硬者，投数粒即易软烂，是其验也。"所以凤仙的花语是"别碰我"，与英文别名 Touch me not、美语别名 Don't touch me 同义。特别激烈的一个词儿，却说明了一个最基本的道理，对于高贵、优良、有品质的精灵儿，哪能随便触碰。"九苞颜色春霞萃，丹榤威仪秀气攒。题品直须名最上，昂昂骧首倚朱栏。"北宋文学家晏殊在《金凤花》中更是把凤仙花的高贵大气，赞美到极致。

这就真像了凤凰，有着不同凡响的绚美与璀璨。每五百年，凤凰都要背负着积累于人世间的所有不快和仇恨恩怨，投身于集香木燃起的熊熊烈火中，以生命和美丽的终结换取人世的祥和与幸福，在烈火中经受了巨大的痛苦和磨炼后又以更美好的躯体得以重生，从此鲜美异常，不再死。

凤仙花，也以一种透骨的香，行过静谧幽寂的街巷，越过风霜沉积的高楼，穿过一个个安宁恬淡的夜和万千岁月，在旧事、残梦、离愁、迷途和万里山河中，解读世俗，找寻来路。

花开花落，都怀思绵绵，醉在恒久的梦想里。

# 山楂与墨

很久以前，山楂和墨，相依相伴。

当然，单看他们俩，好像完全不搭界。

山楂，给人的感觉有一份浪漫，这红红圆圆的果子，经常被裹上冰糖或红糖，被竹签串着，变成糖葫芦，被人们擎在手中，行走在大街小巷。她的历史，可以追溯到中国第一部综合性辞书典籍《尔雅》。两千多年前，人们就已经知道山楂可以食用了，只是在很长时期内把她当成一种野果，还因"猴，鼠喜食之"，把她叫作猴楂、鼠楂。山楂作为药用的历史，可以上溯到东晋时代。唐代医药学家王焘《外台秘要》引东晋医药学家葛洪所著《肘后备急方》佚文说："浓煮楂茎叶洗之，亦可捣取汁以涂之。"用以治疗一种感受漆气而发的皮肤病"漆疮"。

墨，古者以黑土为墨，字从黑土，辛、温、无毒。墨至少在春秋战国时就有了，在汉代得到一定的发展，至唐代达到鼎盛。墨可用来书写，也可作药用，宋代医药学家马志、刘翰编

山楂能饱腹行气、生津止渴等，在古代可煮浆制成名为"果子单"的状如薄纸、匀净可舒卷的书写物。

著的汉族药物学著作《开宝本草》记载，墨能够"止血，生肌肤，合金疮"。金疮即常见的刀枪伤。墨，在古代对于行军打战很有意义。

因此，墨就被书写在山楂制成的果子单上，使果子单成为军书。果子单类似现在的一种大众化食品果丹皮，比果丹皮要薄很多。果子单既可以传递信息，又可以在信息被阅读或执行完毕后吃掉，还不至于泄露军事秘密。对于缺水少食的行军打仗者来说，这饱腹行气、生津止渴的果子单，比"望梅止渴"还有意义。清代一名叫作高士奇的宫廷作家，写过一首名为《果子单》的七言诗，就特别提到了这一点："绀红透骨油拳薄，滑腻轻碓粉蜡匀。草罢军书还灭迹，嘴来枯思顿生津。"

油拳、粉蜡，是唐宋时期的纸名。高士奇还在诗下自注道："山楂，煮浆为之，状如纸薄，匀净，可舒卷。色绀红，故名果子单。味甘酸，止渴。"

无论品种、类型、模样儿都不属于同种类别的山楂和墨，竟如此奇妙地相依，简直有珠联璧合的意味。而且，他们还一度被广泛地用于民间。他们被用作了情书，传递相爱之人的情谊。红黑相间的融合里，包裹了无限的深情。这样的深情，使得山楂和墨不再成为食物，而是被赋予了崭新的精神意义。相爱的人儿，怎么舍得把"深情"吃下去呢。

可是，不吃掉的话，保存就成了问题，这样的情书放置久了容易长霉生虫、腐败变质。而且，帛、竹简、纸张的便捷和较为长久的保存时间，也让山楂和墨做成的情书慢慢消失了。

各自奔天涯，好像只能成为山楂和墨

墨能止血、生肌肤、合金疮等，在古代，墨被书写在山楂制成的果子单上，变成情报或情书。

的命运。相遇和相守，起因于现实，成长于浪漫。离别，却只因现实。守或离，既难也易。更何况，这一切，全由不得山楂和墨做主。

山楂，便更多地用来健胃补脾了。这一点，明代医药学家李时珍在《本草纲目》中借助一个病例说得很明白。李时珍邻居家的孩子，因食积而面黄肌瘦、腹胀如鼓，一天偶尔在山里发现了红红圆圆的山楂，尝了几颗，觉得酸甜可口，便狂吃一通，没多久大大地呕吐了一番，而这之后，身体竟然痊愈了。在难以煮烂的老硬之肉中，放几颗山楂同煮，能即刻将肉煮烂，也佐证了其消积之强效。因为这些特点，山楂能养颜瘦身、养肝养心、消脂降压抗氧化，适当地吃些山楂，能增强免疫力、清除胃肠道有害细菌，还可预防衰老、抗癌等。

墨呢，就更多地被当作了书写工具。和他做伴的材质越来越多。除了纸帛，还有陶瓷、木板等各种器皿材料，甚至，大地、泥土、人的皮肤等都与墨有过热情的拥吻。

只是，经年的往事，依然宛如一册册的画卷，闪烁的流光，还会织出梦一般的幻影。夜凉如水的时候，山楂和墨也会忆起那曾经相随相伴的时光。若还在那样的时光里，该是多么温柔多么美。

而那样纯朴清洁的时光，终究是不会再来了。

# 荼蘼与木香

　　木香和荼蘼盛开的时候，都是花繁香浓，一幅韶华美景。两种花儿形态比较相近，均为白色或黄色，有藤蔓，攀附而生，她们的花都是很好的蜜源，可以提炼香精油。

　　只是，荼蘼花常常被人说成是一种伤感颓废的花，认为她是春天最后开花的植物，她的盛开意味着春天的结束，"三春过后诸芳尽"，开花的季节就结束了。宋代诗人任拙斋也说"一年春事到荼蘼"。荼蘼的枝茎还比较多刺，这也许是让人纠结的一个原因吧。

　　而同是春末夏初开放的木香却没有一丝伤情，她气质高雅神秘，枝茎几乎无刺，又被叫作七里香、十里香，据说在十里之内都能闻到其香味。传说玉皇大帝出巡时，喜欢乘坐木香花搭架的蔓藤，以花铺路，使人一见木香时，便目不暇接，心意万千。由此足见木香的魅力和吉庆。木香又辛温无毒，可以理气疏肝、温中止痛、健脾消滞、辟毒强志，还被中国现存最早的药物学专著《神农本草经》列为上品，上品为君，主养命以

茶藤的花色和香味与酒近似，花瓣和果实可制酒。她的盛开，并不是一年花事的终结。

木香，辛温无毒，可以理气疏肝、健脾消滞、辟毒强志等，又叫七里香、十里香。

应天，无毒，多服、久服不伤人，可轻身益气，不老延年。

　　所以，同花不同命。只是，木香和荼蘼却很早就奇妙地融合在一起。甚至，贵为上品的木香还曾略居配角位置。那是在宋代，喜欢享受和讲究的宋人发明了一种制作荼蘼木香酒的方法，即先把木香研磨成细末，投入装满酒的瓶中，然后将酒瓶加以密封保藏。到了饮酒的时候，开瓶取酒，待掺杂木香的酒液早已芳香四溢之时，再临时往酒面上洒上荼蘼花瓣。此时的酒，更是香飘满天，令人心花怒放到了极致。而且，几乎难以分辨荼蘼和木香香气的区别，更多的是荼蘼花香。于是，浮着片片荼蘼花瓣、暗藏木香的酒儿，成就了宋人在暮春里的一场场欢会。

　　那时的大户人家，还喜欢在庭院中种上荼蘼，每到春季，花儿繁盛之时，宴请宾客于荼蘼架下。笑语喧哗中，他们相约酒令，荼蘼飞花落在谁的酒杯里，谁就把杯中酒喝干。微风过处，满座醇香，片片荼蘼落瓣像雪花一样，撒在杯中、案上、座中人的衣襟上。那样的场景，实在有着清雅到了极点的风流。

　　可见，荼蘼在古代是非常有名的花木。荼，本义为苦菜，也叫茅草白花，多用来形容女子容貌。蘼也作麍，意为蘼芜，是一种草名。"其茎叶靡弱而繁芜，故以名之。""其叶似当归，其香似白芷。"荼蘼二字最早作"荼䕷""酴醾"，是指重酿之酒，荼蘼的花色和香味与酒近似，花瓣和果实也可制酒，故而有了这个名字。明代学者王象晋编撰的介绍栽培植物的著作《群芳谱》中也描述过荼蘼与酒的渊源："本名荼蘼，一种色黄似酒，故加西字。"不过，南宋文学家杨万里并不喜欢将荼蘼与酒相提并论，还专为此事著诗："以酒为名却谤他，冰为肌骨月为家。"唯恐玷污了荼蘼的清白。南宋诗人陆游也以"吴地春寒花渐晚，北归一路摘香来"，盛评荼蘼。北宋文学家晁无咎甚至说荼蘼应该取代牡丹为花王。

"荼蘼不争春，寂寞开最晚……不妆艳已绝，无风香自远。"在北宋文学家苏轼的这首诗里，荼蘼有些像"俏也不争春，只把春来报"的梅花，将美好的春天让予百花。她的盛开，并不是一年花事的终结。春季花期过后，自有夏、秋、冬三个季节的花会依次绽放，因此，北宋诗人王淇那句著名的"开到荼蘼花事了"，改为"开到荼蘼花未了"，也是合适的。

结束，也是一种开始。荼蘼和木香一样，都有着高贵的风范，更何况，我们发现美的目光，从未停歇过。在那样的春天里，看茂盛的、繁复的木香花和荼蘼花簇拥着竞相开放，让幽雅的、恬淡的花香弥漫和沁透心脾。

花开，花谢，圆满，如常。

# 樱桃与甘蔗

　　传说在很久以前的一个小村庄里，人们喜欢在房屋前面种上樱桃，房屋后面种上甘蔗。红色的樱桃绿色的叶儿，与黄绿色或红紫色的甘蔗，围绕着农家房屋，一幅甜美的田园画面，慢慢展开。

　　那里的人们，喜欢吃樱桃。樱桃，说起这个名字，就感觉俏丽玲珑。她非桃类，以其形肖桃，颗如璎珠，璎即像玉的石头，又属于落叶小乔木，故将璎改为樱，取名樱桃；因为云莺所含食，又名莺桃、含桃。初春的时候，樱桃开出白花，繁英如雪，纯美如画。她不但自己美，还能让别人美，中国历代医家陆续汇集而成的医药学著作《名医别录》将她列为上品，说她可以"调中，益脾气，令人好颜色，美志"。上品为君，主养命以应天，无毒，多服、久服不伤人，可轻身益气，不老延年。所以，食用了樱桃的人们，脸色红润光滑，透着自然的光泽，挂着樱桃一样明媚美好的笑容。

　　不过，樱桃虽然味甘，但是性热，不可一次食用太多。所

樱桃，味甘，能调中益气等，令人面色红润。其性偏热，食用须适量，食后可饮甘蔗汁调理。

以，那时的人们喜欢在食用樱桃之后，再饮用一些甘蔗汁。樱桃与甘蔗汁搭配同食，真是非常合适的。因为，笔直大气的甘蔗是草本植物，为脾之果，其浆甘寒，能泻火热。《名医别录》说甘蔗能够"下气和中，助脾气，利大肠"。这也正好应和了唐代诗人王维的樱桃诗："饱食不须愁内热，大官还有蔗浆寒。"

樱桃和甘蔗便成了知音。在风中，甘蔗刷刷地响着，应和着樱桃红红亮亮、小小巧巧的笑脸。仿佛高山流水，共同演绎着心灵的乐章。

可惜，好景不长。有一天，村庄里来了一群外乡人，他们迷上了樱桃，看上了甘蔗，狂吃狂喝了一段时间之后，他们想把樱桃和甘蔗带走，以便可以经常享用。他们把樱桃和甘蔗连根拔起。村庄里的人极力阻止着，可是没有成功。

甜美的田园图画从此不复存在。

在被侵占、被分离的过程中，在颠沛流离的日子里，樱桃和甘蔗感到了莫大的痛苦。尤其是外乡人把他们随意种在不同的地方，他们遭遇了真正的长久的分离。痛苦，来得更加猛烈了。

之后，便是真正的绝望。

真正的绝望开启了一种新的境界，开始远离了愁烦、愤怒、惨痛、伤悲，慢慢让人心平气和，让人意识到不能依靠任何人去得到快乐、充实、理解、救赎，只能依靠自己、面对自己，并把这种意识一一贯彻到言行举止当中。

这不是气馁，不是得过且过，也不仅仅是"平平淡淡从从容容才是真"这样的歌词讲出来的内容，更多的只是类似"命运的归命运，自己的归自己"这样一种实事求是的态度。

而且，真正的绝望，意味着应该更加顽强、更加自由地生生不息地活下去。

在各自的领域里，樱桃和甘蔗奋发成长。他们拥抱阳光，

甘蔗，草本植物，为脾之果，其浆甘寒，能泻火热。食樱桃后，适量饮甘蔗汁，有益身心。

樱　桃

吮吸雨露，迎风而歌，对雨而舞。樱桃营养价值更加丰富了。她含铁量更高，可以更好地补充人体对铁元素的需求，促进体内血红蛋白再生，防治缺铁性贫血，从而调中益气、健脾和胃、祛风除湿、健脑益智、增强体质。甘蔗也长出了越来越多的品种，有绿嫩薄皮的竹蔗，有浅浅霜色的西蔗，有淡淡蜡色的获蔗，有紫红皮深的紫蔗。浆汁愈佳，味道愈发隽永。

只是，那甜美的田园图画依然深藏在他们的心中。夜深人静的时候，他们会遥望星空，彼此深深思念与祝福。那心中的情感开始在广袤的天空之上，飘扬。

所以，当星星出现在夜空的时候，就仰望星星吧。那晶莹透亮的光辉之上，可以看到樱桃和甘蔗。他们，在歌唱。

# 向日葵与太阳

那是一个严寒的冬日，我所在的地方突然停水停电。停水停电，在任何时候，都是令人难受的。好在到了中午的时候，太阳出来了。站在阳光下，背朝阳光，温暖慢慢地遍布全身。那一刻，我无比地热爱太阳。

阳光中，还有其他人，他们一边嗑着葵花子，一边聊天。阳光下的葵花子，让我的脑海里跳出了她的母体——向日葵。

还有谁，比向日葵更爱太阳呢？

向日葵对太阳是满心的深爱和全盘的接受。她总是昂首挺胸，面朝太阳，看太阳升起落下。哪怕在寒冷的冬季，凋零得只剩下枯枝枯秆，她也直直挺立，面朝着太阳的方向。

因此，传说向日葵是水泽仙女克丽泰变的，还真是有些道理。那天，克丽泰在树林里遇见了正在狩猎的太阳神阿波罗，她被这位俊美的神迷住，疯狂地爱上了他，热切盼望有一天能够和他在一起。但是那次之后她再也没有遇见过他。于是，她每天仰望天空，看着阿波罗驾着金碧辉煌的日车划过

向日葵，执着而沉默地爱着太阳，其果实葵花子可以驱除湿毒、消除瘀积、安定心神等。

天空，日复一日，年复一年。众神怜悯她，把她变成一朵金黄色的葵花儿，圆圆的花盘是她的脸蛋，让她以太阳的颜色和形状，永远面向太阳，追随阿波罗。

爱上太阳，既充满希望，又很是无望。

太阳温暖，光明，热烈，是太值得爱的。可是，太阳的光芒，给予了普天下的每一个人，没有专属性。对太阳的爱，难免孤单。

向日葵却执着于这样沉默而持久的爱。爱，就是一味地爱。爱，是自己的事情，不求回报，甚至不要求你爱我。

没有什么比得上向日葵的深情。

这样想来，就明白为什么向日葵的果实葵花子可以驱除湿毒、消除瘀积、安定心神了，这饱满的像心的形状的果实凝聚了向日葵的心血。她味甘性平，有着阳光的味道，富含不饱和脂肪酸、蛋白质、多种维生素和微量元素，可以防治贫血、失眠、神经衰弱、动脉粥样硬化等，还美味可口，能够成为榨油和制作糕点的原料。

在向日葵的怀抱中，葵花子把对阳光的爱也倾注到了人的身上，她对男性尤其青睐，她含有制造精液不可缺少的精氨酸，可以保护男性器官，消除前列腺炎。

想象着，葵花子在人的身体所到之处，仿佛被太阳以耀眼的光芒扫射过一遍，"哗啦啦"一下，那些藏在阴暗角落里的毒素就不见了，这是多么有趣的一件事情啊。所以，吃葵花子，是一个慢慢放松身心的过程，速度不要太快，要用手剥开壳来吃，不要用牙齿嗑，与唾液充分融合后的葵花子功效才会更好。

想到这儿，我忍不住看了看旁边嗑葵花子的人们，他们真是嗑得飞快。听到水电恢复的消息后，他们又飞快地走散了。

阳光下有了安宁。安宁，其实应该是万事万物的常态。就宛若此刻，太阳照着向日葵、向日葵迎着太阳、我注视太阳想象向日葵一样，安详，从容。还如同荷兰画家文森特·凡·高用热烈的笔调、浓厚的色彩画出的《向日葵》一般，或醒或眠，自然，如意。一位英国评论家说凡·高用全部精力追求了一样世界上最简单最普通的东西，这就是太阳。而向日葵，也是在用毕生的精力，追求太阳啊。

我们，又有什么不同呢？

更无柳絮因风起，唯有葵花向日倾。

没有什么比得上向日葵的坚定、固守和安宁。

# 含羞草与合欢树

人们的心中，大多对含羞草和合欢树寄予了一些美好的情感，比如羞涩和爱情。

羞怯，是一份纤细敏感的情怀，在细水长流中，小心翼翼地绽放光辉，彬彬有礼，楚楚动人。羞答答的神情，静悄悄地展开，轻轻地扑上了面颊，晕出绯红一片。害羞，低调，内敛，规矩，令人疼惜。

传说当年虞舜南巡仓梧而死，他的两位妃子娥皇、女英遍寻湘江，终未寻见，便终日恸哭，泪尽滴血，血尽而死，逐为其神。后来，人们发现她们的精灵与虞舜的精灵"合二为一"，变成了高可达16米的合欢树。合欢树叶昼开夜合，相亲相爱。树下，还长出了一种草儿，含羞低垂，见证着他们的爱情。唐代诗人韦庄作诗《合欢》，记述了这段情怀："虞舜南巡去不归，二妃相誓死江湄。空留万古得魂在，结作双葩合一枝。"

在这令人心疼的情愫里，含羞草和合欢树，始终低低柔柔地生长着。含羞草那一低头的温柔，那一碰即闭的清软，真

是不胜凉风的娇羞，枝头
上秀丽细密的小叶儿，也
更显风致了。合欢树的树
叶，早已包含了含羞草的
特质，它们在夜晚如含羞
草受了触碰一般，对对相
拥，合闭起来，及至日
出，又徐徐张开，尽情地
拥抱阳光，忘情地汲取营

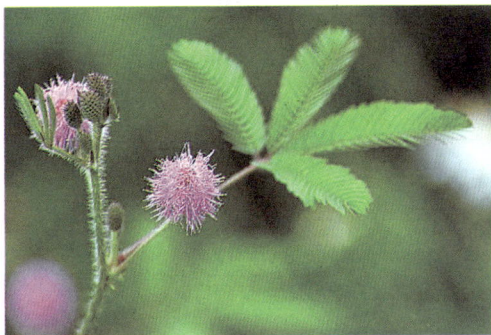

含羞草，甘、涩、凉、微苦，能安定心神、清
热解毒、利湿通络等，可以作为天气预报的参考。

养。七月流火之时，合欢树会开出一簇簇的花儿，淡红色的雄
蕊长长地伸出，像一团团丝绒，又像一支支红缨，还像一把把
粉红色的小折扇儿。茂密的绿叶儿，翠碧摇曳，满树的绒花
儿，清艳荡漾，真是"叶似含羞草，花如锦绣团。见之无烦
恼，闻之沁心脾"。

"合欢蠲忿"，是三国魏时期嵇康在他的《养生论》里写的。
蠲，是免除的意思，合欢树可以让人摆脱烦恼、怨愤、愤怒。
中国现存最早的药物学专著《神农本草经》说合欢能够"安五
脏，和心志，令人欢乐忘忧。久服，轻身明目，得所欲"。合
欢性味甘平，嫩叶可食，树皮及花儿均可入药，有解郁和血、
宁心安神、理气开胃、活络止痛、消除痈肿之功，可以治疗郁
结胸闷、心神不安、失眠健忘、神经衰弱、痈肿瘰疬、筋骨折
伤等症。含羞草甘、涩、凉、微苦，可以安定心神、清热解毒、
止咳化痰、利湿通络、和胃消积，用于失眠吐泻、小儿疳积、
目赤肿痛、深部脓肿、咳嗽痰喘、风湿关节痛等症的治疗。把

　　合欢树，性味甘平，嫩叶可食，树皮、花、叶均可入药，是敏感性植物，被列为地震观测首选树种。

合欢树和含羞草种植在庭院中，可以使人身心愉悦。

　　只是，在愉悦中，仍然要注意保持距离。含羞草的温柔和清软，透露的信息却是拒绝。她拒绝你去触碰她，老祖宗留下的中医药资料表明，含羞草含有含羞草芥，这种物质可以使人头发眉毛变得枯黄干燥，变得稀疏，甚至脱落。特别是孩童，更不要用嫩嫩的小手去拨弄她，否则，不但会出现上述症状，还会皮肤过敏。

　　所以，就学会快乐地与她和平共处吧，可以把她和合欢树当作天气预报的参考。合欢树被称为敏感性植物，被列为地震观测的首选树种。含羞草对细微的变化特别敏感，叶子开合速度的快慢，间接地反映了空气中的湿度大小。如果用工具触摸一下含羞草，她的叶子很快闭合起来，张开时又很缓慢，说明天气会转晴；如果触摸含羞草时，她的叶子收缩得慢，下垂迟缓，甚至稍一闭合又重新张开，说明天气将由晴转阴或者快要下雨了。

真是很奇妙啊。这貌似柔弱、看似可以低到尘埃的花草儿，实则早已高若天庭，可以通晓天地的语言。

再看那含羞草，宛若豆蔻年华的女子，情窦初开，羞涩绽放；而合欢树，已然纯熟，大气圆融，懂得和自己心爱的人相守一生。她们，在一次次宁心静气的修炼与等待之后，迎来一场场绚烂灿然的盛开。

种一棵合欢树，树下悄然长出含羞草。含羞合欢，是人们的内心在舒和之余，羞怯地开出的一朵清秀的花儿。

# 白头翁与黄柏

　　那天，看到中药黄柏，我眼前闪过的，是一抹沉静而略带亚光的黄。那一瞬，突然有一种温暖，如水一般，慢慢地沁入心田。我很想写写她，但一直没有动笔，直到后来有一天，我

　　黄柏，能清除五脏、肠胃中之结热等，以伟岸姿态，与白头翁强强联手，在"白头翁汤"中为臣药。

　　白头翁，草本植物，统领黄柏、黄连、秦皮，组成名曰"白头翁汤"的方剂，为君药，共奏祛毒杀痢之功。

见到了白头翁。

　　这里，我要说的白头翁，不是鸟儿，而是一种草本植物。

　　那是我第一次见到白头翁。一时间，心中竟忍不住地有些荒凉。白头翁那状如白薇、柔软细长的须儿，像极了老翁的满头白发。若是有风吹来，那"满头白发"便凌乱地飞舞起来，真像一个老无所依的人。难怪她又被称为"奈何草"。观其貌、听其名，那孤独无助的感觉不得不从心底冒出来。

　　就连她的传说，也有凄凉的成分。那是和唐代诗人杜甫有关的事儿了。当时，杜甫困守京华，生活异常艰辛，往往是"残杯与冷炙，到处潜悲辛"。一日早晨，杜甫喝下一碗两天前的剩粥，很快便呕吐不止，腹部剧痛难忍。可怜他蜗居茅屋，身无分文，根本无法求医问药。这时，一位白发老翁刚好路过他所住的草堂门前，见此番光景，甚是同情，便上前询问。了解病情后，老人对杜甫说："你稍待片刻，待老夫采药来为你治疗。"过了没多久，白发老翁采来一把长着白色柔毛的野草，将其煎汤让杜甫服下。杜甫服完，腹部疼痛就缓解了。按照白发老翁的嘱咐，杜甫又连着服用了几日，便痊愈了。杜甫非常感谢那位白发老翁，又因为"自怜白头无人问，怜人乃为白头翁"，特意将这白毛野草起名为"白头翁"。

好在，这白头翁只是外貌柔弱，她的品性却不会让人感觉凄凉。苦寒而入血分的她，清热解毒、凉血止痢、燥湿杀虫、明目消赘的功效很强。她和高大壮实的黄柏一样，都具有猛士特质。她还以弱小低微的身姿，统领黄柏、黄连、秦皮这三味同样威勇的药儿，组成名曰"白头翁汤"的方剂，共奏祛毒杀痢之功。在"白头翁汤"中，白头翁为君药，地位相当于帝王，黄柏和黄连两药为臣药，共同辅助君药祛热排毒、燥湿治痢，秦皮则兼以收涩，成为佐使药。

所以，"翁"不可貌相。白头翁终究是让人感到慰藉的，仿佛一位宽厚忍耐的长者，终于以其博大坚强让人安下心来。而那与白头翁配伍的主要臣药黄柏，更能让人在慰藉之余，展颜微笑。

黄柏的外表和内在很一致，皆具强者风度。她可作药用的部分主要是树皮。而且，令人意想不到的是，黄柏那灰黑色的树皮，哪怕加工成成药了，也仅仅是外皮变黑。内皮，却依然是那样的一抹黄。那抹黄，不艳丽，不娇嫩，却厚重，且大气，不容忽视，仿佛冬日里沾在那不知名的花儿草儿上的露珠，低调而顽强地向着天空，伸展着自己生动的翅膀。

这是一种有韧性有品质的生命。那黄柏之树，于春夏之际，枝繁叶茂；至秋冬时节，叶落归根。在肃杀的寒冬里，哪怕全身的树叶都落光，树枝仍然枝枝硬朗，树干也同样昂首挺立，像一个真正的大写的人。

厚实严肃的生命，自然是不会惧怕疮毒的。所以，黄柏才能够清除五脏、肠胃中之结热，消黄疸，祛肠痔，止泻痢，蚀疮；才能够以强悍的状态，与白头翁强强联手，演绎奇特饱满的交响乐。

于是，我终于将白头翁和黄柏写在了一起。这一刻，我看到这既有君臣关系，又是忘年交的草儿树儿在自由欢笑。她们同顶一片蓝天，共处一片土地，在各自的领域中，各领风骚。风儿吹来，这一低一高、一白一黄的草木儿，相互致意，相视微笑。我想，她们是非常期待那每一次携手的，因为，那携手，凝聚着灿烂的星光。

# 月季与玫瑰

西方情人节 2 月 14 日，总是可以看见一些男生女生，捧着一种叫作玫瑰的花儿，来表达情谊。

那花儿，姿容俊美，花色绮丽，微微下卷的花瓣儿层层叠叠，透出明亮的光泽，微风过处，花瓣儿也有一丝轻轻的颤动，刹那间，芬芳就传遍了四周。不过，她不叫玫瑰，她叫月季。

我的一位同事也曾在某一年的 2 月 14 日得到过一朵这样的花，花儿也被唤作玫瑰，还是蓝色的，名曰"蓝色妖姬"。这是她先生与她结婚十多年来的第一次送花。捧着那被白色满天星衬托着的"蓝色妖姬"，她感叹道，平常对先生不浪漫的抱怨终于还是起了作用啊。还特别说明：这一朵"蓝色妖姬"就要 150 元钱呢，真是贵啊。

的确很贵。但这朵被唤作"蓝色妖姬"的月季和玫瑰并没有价值上的高低贵贱之分。玫瑰也并不娇贵，她是保护土壤、保持水土的良好植物，对生长条件的要求十分低，耐贫瘠、耐

月季，花期绵长，开花的时候多，是常用的大众花卉，香气怡人，为纯天然护肤品。

寒、抗旱，很多园林甚至直接就用攀援玫瑰做花篱，管理得相当粗放。她和月季一样，都是蔷薇科植物，英文名都是rose，亲缘关系上比较近，长得也比较像。区别只在一些小小的地方：月季叶少，一般3至5片，而玫瑰一般5至9片；月季刺少，玫瑰刺多；月季的叶儿泛亮光，玫瑰的叶儿无亮光；月季花较大，颜色多样，玫瑰花较小，一般为粉红色；月季花期绵长，开花的时候多，是常用的大众花卉，而玫瑰的盛花期是5月上旬，2月14日的时候，玫瑰基本上还是一些光秃秃的枝条。

所以，当西方情人节不能改为5月的某一天时，用月季来替代玫瑰，也算是个美丽的错误吧。

而且，月季和玫瑰也是都能带来美丽的，她们能养生养颜。把月季或玫瑰的花瓣轻轻冲洗干净，放入煮沸的清水中，加入红糖当茶饮，可以调理女性的生理问题，促进新陈代谢，起到调经活血、行气止痛、排毒祛瘀、安心健体的作用。将月

玫瑰，盛开期一般是 5 月上旬，2 月 14 日西方情人节时，商家常用月季来替代玫瑰。

季或玫瑰的花瓣阴干捣碎，把碎花连着汁液一起，调入蜂蜜、蛋清敷面，还可以润泽肌肤。提取月季和玫瑰的精油，会发现两样花儿的精油味道是相似的，都芳香怡人，是纯天然护肤品，适用于各种肤质，能促进细胞再生，防止肌肤老化，使身心放松、愉悦。

当年，大周女皇武则天就是朝饮玫瑰或月季之甘露，夜敷玫瑰或月季之花瓣，虽年过花甲，仍面若桃花，精力旺盛；清代慈禧太后也用玫瑰或月季的精油熏面熏体，从而得以青春常驻，直至暮年不衰的。

只是，同事知道那"蓝色妖姬"是月季之后，却非常生气。更重要的是她还发现，那"蓝色妖姬"居然是粉色花瓣的月季花染上蓝色颜料形成的。那花店商贩做得也是过分了。更是可怜了她的先生，简直像是"出师未捷身先死"了。

　　在谴责花店商贩的同时，同事还反复表明，我要的是表达爱情的玫瑰，他却被花店骗了送我月季。

　　同事的话也不是没有道理的。不过，表达爱情的不仅仅是玫瑰。月季的花语主要是象征希望、光荣、真情和幸福，她也是爱的代名词，经常被作为爱情信物的，有的西方国家还尊称她为"花中皇后"呢。

　　况且，只要有爱情，又管他用哪种花儿来表达呢。

　　真的，在爱情中，形式并不是最重要的，内容才是最重要。只要两情长久，那心中的爱情之花就总是完美盛开的。日子，也永远不会枯萎和凋零。

# 酒与葛花

曾经在一部电影中，听到过这样的对白：为什么爱喝酒？因为酒难喝啊。难喝还爱喝？难喝才喝嘛。

对白有点意思，甚至让人觉得，喝酒，似乎也算是一种特别的勇敢。

而酒的口感的确不是很好。只是，饮酒之妙，在于适量饮用后轻松的感觉。适量怡情，过饮伤身。轻则伤人脾胃，重则损人神气。春秋战国时期名医扁鹊就说过"过饮腐肠烂胃，溃髓蒸筋，伤神损寿。"唐代医药学家孙思邈也特别强调："饮酒勿大醉，诸疾自不生。"

适量喝点那为水谷精液所化的酒，是能调和气血、畅通阴阳、内助中气、捍御外邪、辟秽逐恶的。中国第一部博物学著作、西晋文学家张华编撰的《博物志》上就记载了这样一个故事："王肃、张衡、马均三人，冒雾晨行。一人饮酒，一人饱食，一人空腹。空腹者死，饱食者病，饮酒者健。此酒势辟恶，胜于作食之效也。"说的是王肃、张衡、马均三人在行路

葛花，豆科植物葛的花，性味甘平，可以解酒。但喝酒喝到不需要葛花的时候，方是佳境。

的途中遇到了瘴气，瘴气是南部、西南部地区山林间湿热蒸郁致人疾病的有毒气体，多是热带原始森林里动植物腐烂后生成的毒气。当时，饿着肚子的人死了，吃饱了饭的人病了，只有喝了酒的人依然健康。由此足见酒的强大。典籍上还有"酒以治疾"的记载，古代医生在治病时大多会用到酒，酒与药同用时，能更好地发挥药物的药效，就连古代酿酒的目的之一都是为了作为药用。

这被称为"杜康"的液体还能够润容颜、消忧愁。唐代医药学家陈藏器说酒能"通血脉，厚肠胃，润皮肤，散湿气，消忧发怒，宣言畅意"。唐代医药学家孟诜说酒能"养脾气，扶肝，除风下气"。这都证实了这一点。难怪有"何以解忧，唯有杜康"之说。

可是，万一喝醉了怎么办？那就请葛花隆重登场吧，以上说法的后面就可加上一句"何以解酒，唯有葛花"了。

葛花是豆科植物葛的花，性味甘平。据说，很久以前，有一嗜酒之人，某日在山间豪饮，已经喝得酩酊大醉。突然一阵风吹来，飘过来几朵紫蓝色的花，有几片花瓣儿落在了他的酒碗里。这爱酒如命之人，哪里舍得把酒倒掉，他连花瓣儿都舍不得拈出来，花瓣儿也沾着酒呢。他很快把酒和着花瓣儿，一股脑地倒进嘴里。没多久，他居然觉得清醒了，酒醉的所有症状居然全没有了。仔细思量后，他发现，帮他解酒的是这紫蓝色的名为葛花的花儿呢。葛花能解酒，就慢慢传遍千里了。

葛花中含有的皂角苷和异黄酮等有效成分可以在免疫系统和内分泌系统发挥协调作用，改善酒精引起的新陈代谢异常、脏器障碍及肝功能、消化道功能障碍，清热、解毒、护肝、健胃、补肾，从而控制和缓解由于饮酒过度导致的心神不宁、昏晕烦乱、百体酸软、呕吐痰逆、胸膈痞塞、手足颤摇、小便浑浊、大便溏泻等症状。

想那小小的嫩嫩的葛花，竟有那么强大的解酒功效。可见，这世间万物，相生相克，真是耐人寻味啊。

当然，完全靠葛花来解酒护体，也不是万能的。有的书上还介绍说，喝酒前十五分钟把葛花置开水中冲泡服用，可使酒量大增，饮很多酒都不会感觉太醉；酒后泡服葛花可促使酒精快速分解和排泄，用以解醉；平时把葛花制成茶饮，作为常规饮料饮用，可以增加酒量；等等。这些说法有一定道理，但爱酒之人若如是操作，甚至见葛花解酒，就以为碰上了神仙，更是放量豪饮起来，指望全由葛花挡着，就着实进入了一个误区。那样非但对身体没有好处，反而因为饮酒量的增加，加重了心、肝、肾等脏器的负担。当饮酒太过，出现酒醉的不良状态时，身体的形与气早已为湿热所伤，即便用葛花暂时缓解了这些症状，身体本质受到的伤害也不是一时半会可以恢复的。

而且，饮酒还要讲究规矩，例如，不宜空腹饮酒、不要夜晚睡觉前饮酒；酒后不要饮茶、不要以冷水洗浴、不要当风卧睡；等等。其中，夜饮的坏处尤甚，对此，明代医药学家汪颖说得很明白："人知戒早饮，而不知夜饮更甚。既醉既饱，睡而就枕，热壅伤心伤目。夜气收敛，酒以发之，乱其清明，劳其脾胃，停湿生疮，动火助欲，因而致病者多矣。"

所以，喝酒喝到不需要葛花的时候，方是佳境。那时，脸上红扑扑，额上亮堂堂；举手投足之间，自然，随意；言笑晏晏之时，自如，酣畅；一种温暖，一份满足，一腔真情，一脉纯净，会像山间清泉一般，汩汩地从心底奔涌出来。

如此，方乃甚好。